Gelika

Das Zimmermädchen

Novelle

KhBeyer

Vorwort

Gelika ist eine slowakische Frau.
Sie hat Geschichte studiert.
Ihr wurde gesagt,
das sei zukunftssicher.
Zu Hause gibt es keine Arbeit für sie.
Die Lebenskosten werden durch
Lohn und ihre Einnahmen nicht gedeckt.
Sie hat keine Familienmitglieder mehr
und
ist auf sich allein gestellt.
Sie beschließt, das Land zu verlassen.
Ein allein stehender Bauer in der
nähren Umgebung sucht eine Magd.
Nach einem missglückten Versuch im Ausland,
geht sie zu dem Bauern.
Der Bauer und die Arbeit gefallen ihr.
Sie heiraten.
Der Bauer kann vom Verkauf seiner Produkte
nicht existieren.
Die Zwei lassen sich Etwas einfallen.

Gelika ist der zweite Teil eines
Dreiteilers, der mit Karinka
beginnt.

Zu Hause

Gelika hat sich zu Hause, wie jedes Jahr, um eine Stelle als Zimmermädchen beworben. Als Lohnwunsch hat sie eintausend Euro eingetragen. Schon auf dem Arbeitsamt hat sie dafür Kopfschütteln geerntet.
Für den Hinweis, sie möchte verdienen, was ihre Ansprechpartnerin auf dem Amt verdient, wurde ihr der Rausschmiss angeboten. Gelika war zäh.
Darauf hin hat ihr die zuständige Beamtin einen Auslandsjob angeboten. Dort würde sie das Dreifache von hier verdienen.
„Sie wollen mich also vertreiben?", war die Frage.
„Entweder sie arbeiten für Sechshundert oder sie müssen gehen."
„Wie lange bekomme ich denn Arbeitslosengeld, wenn ich im Ausland arbeite?"
„Neunzig Tage."
Die Antwort brachte die Beamtin locker über die kalte Schulter. Wohl in dem Wissen, sie wird nicht arbeitslos. Wenn sie weiter im Hintern ihres Chefs steckt.
„Und wenn ich krank bin? Wer bezahlt mir das?"
„Ihr Arbeitgeber."
„Eine schöne Bezeichnung für den, der von meiner Arbeit lebt."

„Mit der Einstellung, sehe ich sie bald wieder bei mir."

„Vielleicht deswegen, weil sie auch von meiner Arbeit leben? Haben sie nicht neben mir auf der Schulbank gesessen?"

„Werden sie nicht frech!"

„Wer bezahlt mir die Reise dahin?"

„Sie bekommen eine Pauschale."

„Wie hoch ist die?"

„Das kommt auf das Land an, in dem sie arbeiten."

„Sagen sie mir wenigstens ein Beispiel an Hand ihrer Vorschläge?"

Gelika bekommt langsam das Ohrensausen von den unbeholfenem Getue der Tante. Ist die endlich mal in der Lage, mir eine anständige Arbeitsstelle zu organisieren? Für was sitzt die Tante hier?

„Bin ich hier richtig? Sind sie die Arbeitsvermittlung oder die Statistikbehörde?"

„Sie bekommen sechzig Euro für den Hinweg."

„Zurück kommen darf ich nicht?"

„Dafür liegen mir keine Regelungen für Vergütungen vor."

„Wer bezahlt mir dann die Wegekosten?"

„Sie können hier ein Wegegeld beantragen. Sonst bezahlt ihnen das der Arbeitgeber."

„Also bekomme ich von Keinem Etwas?"

„Das nationale Wegegeld gilt nur für das Binnengebiet?"

„Für sie auch? Oder ist das eine Dienstreise? Wir sind doch Europa. Oder habe ich mich da verhört?"

„Das weiß ich nicht."

„Wer gibt mir die Stellenangebote?"

„Die finden Sie im Netz."

„Für was bezahle ich sie dann? Wiedersehen."

So leicht lässt sich die Beamtin nicht abwimmeln. Beleidigungen tropfen an ihr ab. Sie scheint mit Emaille versiegelt. Ein weicher Kern ist schwer erkennbar.

„Wir haben eine Anzeige von einer Autobahnraststätte bei Wien. Haben sie Interesse?"

Gelika kehrt um. Sie schließt die Tür jetzt sanfter.

„Was verdiene ich dort?"

„Sie fragen nicht, was sie dort zu tun haben?"

Gelika denkt sich ihren Teil. In meinem Beruf mit meinem Studium, bekomme ich in einem Rasthof eh keine Arbeit.

„Benötigen die dort studierte Historiker?"

„Nein. Für Historiker haben wir auch keine Arbeit. Sämtliche Plätze sind besetzt."

„So ist das. Für neue Geschichten bin ich leider nicht ausgebildet. Also; was habe ich dort zu tun?"

„Der Rasthof benötigt Reinigungskräfte."

„Dafür habe ich studiert. Mein Vater hat mich schon vor dem Studium gewarnt. Ich solle lieber ein Handwerk lernen."

„Wir könnten sie umschulen."

„Was verdiene ich dabei?"

„Das Arbeitslosengeld."

„Ich muss drei Hundert und Fünfzig, Miete - kalt bezahlen. Ich bekomme aktuell keine fünf Hundert."

„Das tut mir Leid."

„Ihr gespieltes Mitgefühl ernährt mich aber schlecht. Das kann ich mir auch in der Kirche holen."

„Wir haben noch Plätze in der Landwirtschaft. Als Haushaltshilfe."

„Warum sagen sie nicht Magd?"

„Wenn sie das so sehen. Als Magd können sie arbeiten."

„Was verdiene ich dort?"

„Die Bauern geben acht Hundert an. Kost und Logis sind frei."

„Das klingt schon recht gut. Was habe ich dort zu tun?"

„Das Haus putzen. Kochen. Wäsche waschen. Erntehilfe."

„Oh je. Mit Kochen habe ich es nicht so. Wäsche? Naja. Das bekäme ich hin. Ich habe im Studentenwohnheim - Wäsche gewaschen."

„Soll ich dort mal anrufen?"

„Das wäre mir Recht."

„Wollen sie trotzdem mal in Wien vorbei schauen?"

„Was kostet die Fahrt dahin?"

„Sicher um die vierzig Euro."

„So viel Geld habe ich nicht."

„Beide Stellen bieten freie Kost und Logis."

„Dann könnte ich ja meine Wohnung kündigen."

„Was wollen sie mit ihren Möbeln tun?"

„Möbel? Habe ich keine."

„Und ihre persönlichen Habseligkeiten?"

„Die passen in eine Hosentasche."

Gelika hat sich etwas verschätzt. Allein die Ausweise, Bildungsnachweise und der reine bürokratische Kram, würden einen Koffer füllen. Eigentlich hat sie noch etwas geerbt von ihren Eltern. Beide sind bereits von uns gegangen. Es war nicht viel. Aber sie möchte sich das für wirklich schlechte Zeiten aufsparen. Umziehen in eine andere Wohnung, könnte sie so und so nicht. Die kosten alle bereits das Doppelte. Das wäre ihr gesamter Lohn. Gelika sieht ein Risiko. Sie hat aber im Netz, Pensionen gesehen, die weniger Geld pro Monat verlangen, als sie Miete zu zahlen hat. Das gibt ihr etwas Hoffnung. Mehr als ein Zimmer, benötigt sie ohnehin nicht.

„Sparen sie sich die Miete und kaufen sie sich ein Auto", sagt die Arbeitsvermittlerin.

„Ohne Geld? Sie wollen mich verschaukeln."

„Auf Kredit."

„Wer gibt einem Menschen ohne Einkommen, Kredit?"

„Sie sind doch schön. Das reicht."

„Ich soll mir ein Auto erbumsen? Haben sie das auch so gemacht?"

Die Frage wäre eigentlich überflüssig. Die Gesprächspartnerin Gelikas, würde keinen Cent einnehmen. Trotzdem sie literweise Parfüm und Schminke aufgelegt hat.

„In der Not müssen wir Fliegen fressen."

Sie versucht ein Lächeln. Das misslingt ihr. Die Bräunung würde abblättern.

„Sind sie verheiratet?"

„Ja."

„Hat ihr Mann zufällig das Auto mitgebracht?"

„Woher wissen sie das?"

„Sehen sie in meine Unterlagen. Ich bin allein stehend, keine Eltern mehr, habe Geschichte studiert und suche Arbeit."

„Ich will ihnen jetzt keine Vorwürfe machen. Warum haben sie ausgerechnet Geschichte studiert?"

„Das wurde mir damals als zukunftssicher angeboten. Bei der Auswertung meiner Kenntnisse und Zensuren. Meine Eltern haben schwer gearbeitet dafür. Ich auch."

„Heute können sie höchstens als freier Mitarbeiter in den Medien beschäftigt werden. Vielleicht in Bibliotheken und Museen. Die Plätze sind alle vergeben. Sogar an Ausländer."

„Wie komme ich zu dem Bauern?"

„Ich rufe an. Er holt sie ab."

„Das ist mal ein Wort."

Gelika hat jetzt ein Kilogramm Papier unterschrieben. Ein Dutzend Unterschriften. Ganz am Schluss legt ihr die Gesprächspartnerin einen Zettel hin. Eine Umfrage. Sie soll ankreuzen, ob sie mit der Beratung des Amtes zufrieden war. Gelika zögert. Wenn sie das tut, was sie wirklich erlebt hat, wird sie von da her, nie wieder eine Vermittlung erhalten. Und schon gar kein Geld. Zögerlich kreuzt sie „Zufrieden" an. Die Blicke des kalten Schminkkastens gegenüber, reichen ihr. Die registriert jeden Millimeter des Stiftes in ihrer Hand. Wehe, der verrutscht etwas. Ihr würde sofort das Geld gestrichen. Gelika scheint, als würde in ihr Amt, deutsche Unkultur einziehen.

Im Kreisstädtchen Sala ist um diese Zeit reichlich Verkehr. Die Leute sind Einkaufen. Der Markt ist relativ klein. Das Angebot ist groß. Größer als das Portemonnaie der Kunden. Gelika würde gern zugreifen. Zwei Tomaten kauft sie sich. Sie wartet auf den Bauern. Ein Restaurant ist ihr Treffpunkt. Gelika traut sich nicht, dort Platz zu nehmen. Sie könnte die Preise nicht bezahlen. Selbst ein Wasser wäre ihr zu teuer. Sie würde sich dort auch keins bestellen. Der Brunnen gibt das kostenlos. Sie steht im Abstand zu dem Restaurant. Der Bauer hat versprochen, unmittelbar davor zu halten.

Ein Auto kommt. Das scheint er zu sein. Sie läuft schnell hin und winkt. Falsch. Das ist er nicht. Die Tür öffnet sich. Ein älterer Mann steigt aus.

„Was kostet die Nacht?"

„Oh. Sie haben mich missverstanden. Ich warte auf Jemand."

Der Mann entschuldigt sich.

Gelika wartet jetzt bereits eine knappe Stunde. Sie läuft nervös kleinere und größere Runden.

Zu weit traut sie sich nicht weg von dem Platz. Ein Auto kommt. Das sieht etwas ländlich aus. Nicht ungepflegt. Nur etwas staubig. Der Fahrer scheint Gelika sofort zu erkennen. Er geht auf sie zu.

„Slavo."

Er streckt die Hand aus.

„Gelika."

Gelika gefällt Slavo. Umgedreht, gefällt Gelika – Slavo. Die Zwei tauschen umgehend ein Lächeln aus. Gelika ist davon überzeugt, einen Hafen gefunden zu haben. Slavo ist von der natürlichen Schönheit Gelikas beeindruckt. Eine hübsche Frau ist für die Landwirtschaft ungeeignet. Das hat ihm seine Mutter bei gebracht. „Die sind zu teuer für uns", sagte sie. Slavo zeigt ihr das Haus. Sie ist begeistert von den herrlichen Zimmern. Die scheinen unberührt. Das Schlafzimmer Slavos hingegen, sieht recht benutzt aus. Slavo wird etwas nervös beim Betreten des Zimmers. „Ich konnte noch keine Ordnung machen."

Im Schlafzimmer steht ein Fernseher.

„Ich halte mich nur Draußen und hier auf. Selten in der Küche", sagt er.

Gelika schaut in die Runde und entdeckt tatsächlich ein paar erotische Filmchen unter dem Fernseher.

„Soll ich gleich mal das Bett machen?"

„Gerne."

Slavo möchte natürlich sehen, ob Gelika das beherrscht. Gelika schlägt die Federdecke zurück. Sie entdeckt drei große Flecken.

„Hast du im Bett gegessen?"

Slavo schaut kurz nach Unten. Er wird etwas rot. Sie gehen zusammen in die Küche. Die ist nicht unberührt. Aber sauber. Sehr sauber. Slavo schlägt eine Tür auf. Ein Gewölbe. Drei Schinken hängen darin. Konserven stehen im Regal.

„Den Trockenfisch habe ich an einer anderen Stelle", sagt Slavo.

„Kannst du mir mein Zimmer zeigen?"

„Wir gehen eine Etage höher."

Die Holztreppe knarrt etwas. Aber nicht lästig. Fast musisch. An einer Zimmertür hängt ein Kränzchen.

„Das ist dein Zimmer."

Gelika öffnet die Tür.

„Wunderschön", ist das Einzige, das sie sagen kann.

„Das hat Mama noch so eingerichtet", gesteht Slavo. „Ich gehe deine Taschen holen."

Gelika öffnet inzwischen die Fenster und legt die Federdecken darauf. Ihr Bett ist ein Doppelbett. So scheint es ihr. Zwei Bettdecken liegen darauf. Ein Federbett und eine etwas dünnere Decke. Die legt Gelika in das andere Fenster zum Lüften.

„Das ist das Sommerbett", sagt Slavo beim Betreten des Zimmers.

„Das dicke ist für den Winter?"

„Ja. Im Winter kann es hier ziemlich frisch werden."

Die Zwei gehen ins Bad. Bescheiden eingerichtet. Eine recht große Badewanne. Frei stehend. Das große Waschbecken steht vor einer Spiegelwand.

„Bei Problemen komme ich leicht an die Installation", erläutert Slavo.

Gelika ist beeindruckt von der praktischen Einstellung Slavos. Diese Einrichtung bedarf keines Schmuckes. Sie ist in das Haus verliebt. Es gefällt ihr. Slavo auch.

Slavo ist kein Muskelprotz. Kräftig, recht schlank und ein sehr guter Handwerker.

„Hier bleib ich, wenn du mich magst."

„Wir gehen mal in den Stall", lädt Slavo ein.

Beide gehen in den Stall. Im Stall befindet sich eine Schweinefamilie. Schwarze Schweine. In einem anderen Gatter steht ein Schaf mit einem Lamm.

„Die anderen Tiere sind auf der Weide. Die Zwei muss ich etwas schützen. Es gibt Wölfe bei uns."

Gelika sieht acht Plätze.

„Wo ist die Weide?"

„Gleich hinter dem Gut. Sie ist recht groß."

Die Zwei gehen zur Weide. Gelika sieht nichts. Kein Tier. Slavo nimmt sie bei der Hand. Sie gehen ein Stück an den Waldrand. Dort stehen acht prächtige Alpenrinder. Eins ist der Bulle. Der kommt ihnen sofort entgegen gerannt. Gelika wollte Deckung nehmen. Slavo hat sie fest gehalten. Er spürt die feine Hüfte Gelikas. Schön weich. Gut geformt. Gelika lacht. Sie ist kitzlig. Slavo geht mit seinen Händen etwas höher. An den Brustansatz. Er spürt die wunderschönen, Brüste Gelikas. Sofort lässt er locker. Gelika nimmt seine Hände und führt sie auf ihre Brust. Slavo schließt die Augen. Ein Traum überfällt ihn.

Der Bulle ist da. Er geht mit seinen Lippen an Slavos Hand.

„Er küsst mich", sagt er zu Gelika.

Gelika war zuerst etwas erschrocken. Sie streichelt den Bulle auf der Stirn. Der legt seinen Kopf an Gelikas Oberschenkel.

„Der ist lieb", sagt sie wieder.

„Zu Frauen", antwortet Slavo lachend.

„Wir gehen Etwas essen. Danach ist Zimmerstunde."

Beide gehen zurück zum Gut.

„Eier?", fragt Slavo.

„Gerne."

Sie gehen in den Hühnerstall. Dort sind nur wenige Hühner zu sehen.

„Die Anderen haben sich verstreut. Wir schauen mal in die Scheune."

Im Hühnerstall liegen drei Eier im Holzrost. Die nimmt sich Slavo. Die Hennen gackern aufgeregt bei der Entnahme. Slavo streichelt eine über den Kopf. Schon herrscht Ruhe. Gelika ist fasziniert. In der Scheune ruft Slavo die Hühner. Sie kommen einzeln heraus. Slavo lockt sie mit Körnern.

„Wir müssen uns jetzt merken, woher die Hühner kommen."

Gelika glaubt, Ostern sei angebrochen. Beide gehen Eier suchen. Sie kommen auf zehn Stück. Danach stellen sie die Suche ein.

„Was ist mit den anderen Eiern?"

„Das werden unsere Hühner."

Slavo weiß schon, an welchen Plätzen seine Hühner Eier legen. Das sagt er Gelika noch nicht.

Zurück in der Küche, möchte Slavo wissen, was Gelika von den Eiern kocht.

„Kannst du mir mal etwas Speck abschneiden?"

Slavo geht ins Gewölbe. Er kommt mit Speck und Schinken zurück.

„Reicht das?"

„Für uns sicher. Haben wir auch Kartoffeln?"

„Nur roh. Wir haben Brot."

Slavo legt ihr das Brot hin. Gelika schneidet das Brot in Würfel und gibt es zum Speck. Beides röstet fein und duftet. Slavo verlässt die Küche. Gelika gibt inzwischen die Eier dazu. Als Slavo zurück kommt, hat er Schnittlauch und Petersilie in der einen Hand. In der anderen, ein Blumensträußchen.

„Dein Willkommensgruß."

So viel Wärme hat Gelika auf einem Bauerngut nicht erwartet. Sie küsst Slavo auf die Wange. Slavo schneidet schnell die Kräuter. Das Ei ist fertig.

„Das Geschirr ist hier", sagt Slavo und zeigt Gelika den Geschirrschrank.

„Das ist unbenutzt."

„Wenn ich allein bin, esse ich aus der Pfanne."

Beide lachen.

„Wir können auch jetzt aus der Pfanne essen."

Slavo ist einverstanden. Er holt das Besteck.

Das Ei schmeckt köstlich.

„Willst du noch einen Likör?", fragt Slavo.

Gelika wollte erst ablehnen. Slavo kommt schon mit der Flasche und füllt zwei kleine, niedliche Gläser.

„Den habe ich gemacht."

Erdbeerlikör. Gelika schmatzt.

„Der Likör ist ein Traum."

„Er ist nicht all zu stark. Gut für Frauen. Jetzt gehen wir zur Mittagsruhe."

Slavo geht in sein Zimmer unten. Gelika in ihres, oben. Gelika wäscht sich kurz. Sie legt sich in das schöne Bett. Es ist nicht zu weich. Ihr passt das so. Schlafen kann sie nicht. Sie ist noch zu aufgeregt. Slavo kann auch nicht schlafen. Er ist ebenfalls aufgeregt. Er geht in die Küche. Dort setzt er einen Kaffee an. Der Duft zieht hoch bis in Gelikas Zimmer. Gelika sieht das als Einladung. Sie sucht sich ihren Trainingsanzug. Die anderen Sachen räumt sie sorgfältig ein. Zwischen die Wäsche legt sie ihre Seife. Sie geht in die Küche.

Slavo hat einen Grießbrei gekocht. Dazu braune Butter und Zucker gestellt.

„Unser Kuchen", sagt er stolz. „Wir gehen dann in den Stall."

Slavo glaubt, Gelika erst überzeugen zu müssen.
Gelika ist das aber nicht neu. In den Ferien hat
sie schon auf einem Bauerngut gearbeitet. In
einer Genossenschaft. Das hat ihr damals schon
gefallen. Sie sagt das Slavo. Slavo antwortet ihr.
„In den Genossenschaften gibt es jetzt viel Streit.
Die Bauern bekommen zu wenig Geld für ihre
Produkte."
In den Genossenschaften stünden nur deutsche
und österreichische Lastwagen. Die würden aber
zu wenig bezahlen für die Produkte. Die Milch
würde er eher weg gießen, als sie an Fremde zu
verschenken.
Gelika freut sich, die Ordnung auf dem Gut zu
sehen. Jeder Rohstoff hat seinen Platz. Das Streu
aus dem Stall, fährt sie mit einer Schubkarre auf
den Misthaufen. Slavo dachte zu erst, sie würde
das nicht können. Der Hahn steht darauf. Er
begrüßt Galika mit einem extra lauten, lang
anhaltenden Kikiriki. Die Hühner laufen alle auf
den Hof.
„Mahlzeit", ruft Slavo und streut die Körner breit.
Selbst unter den Hühnern scheint Ordnung zu
herrschen. Die Hennen haben Vortritt. Der Hahn
organisiert das. Die jungen Hühner müssen
warten.

Kurz darauf kommt eine Gruppe gelber Küken gelaufen. Sie rufen nach der Mama. Slavo hat für die Gruppe in extra Futter. Er streut es aus. Die Mama bewacht das Futter und ihren Nachwuchs. Gelika ist fasziniert von der ruhigen Ordnung auf dem Gehöft.

Beide gehen noch einmal den Hügel hinauf. Sie möchten ihre Rinder besuchen. Slavo nimmt zwei Melkeimer mit.

„Wir müssen immer nach dem Rechten schauen und Milch holen", sagt Slavo. „Unsere Schafe müssen auch kontrolliert werden. Die halten einen recht großen Abstand zu den Rindern."

Slavo hat einen Melkschemel mit. Den trägt er mit einem Gürtel zusammen. Gelika dreht den Schemel auf die Vorderseite von Slavo. Beide müssen lachen.

„So sieht das besser aus", sagt Gelika.

Die Eimer trägt jetzt Gelika.

„Wir gehen nicht auf Masse. Wir möchten nur unsere Milch und etwas Butter daraus herstellen."

„Käse machen wir keinen?"

„Doch. Das machen wir mit Labkraut. Heute aber nicht. Später. Das zeige ich dir."

Slavo zeigt Gelika das Melken. Gelika muss lachen bei der Bewegung. Slavo lacht mit. Sie ziehen etwa fünf Liter. Das ist nicht zu schwer für den Heimweg. Langsam begreift Gelika, welche Arbeit in diesem Gehöft steckt. Sie begreift auch, warum Slavo dringend Hilfe benötigt.

Gelika hat schon wieder Hunger bekommen bei der Arbeit. Slavo führt sie in das Gewölbe. Sie soll den Zweien, Etwas heraus suchen. Es gibt Blutwurst, frische Butter und das Hausbrot.

Gelika glaubt, sie sei im Himmel. Auf alle Fälle, ist sie dem Himmel etwas näher.

Slavo lässt ein Bad ein.

„Du zuerst."

Gelika sagt nicht Nein. Slavo hat ihr eine Art Bademantel ins Bad gelegt. Sie schließt das Bad nicht ab. Im Gegenteil. Die Tür lässt sie etwas geöffnet. Slavo kann nicht widerstehen. Gelika zieht ihn förmlich an.

„Wäschst du mir den Rücken?"

Das hat Slavo nicht erwartet. An der Wand neben der Wanne, hängt eine Rückenbürste. Eine sehr weiche. Gelika übersieht die mutwillig. Slavo ist wie gelähmt von dem herrlichen Anblick. Die Hose scheint etwas zu wachsen. Er wird rot.

„Ja."

„Ich wasche ihn dir dann auch", lockt Gelika.

Die weiche Haut Gelikas. Der Brustansatz. Die Haare. Slavo kommt sich vor, als würde er von fremden Mächten geführt. Er zögert. Aber es zieht ihn genau dort hin.

Gelika hält ihm die Seife entgegen. Er nimmt seinen Waschhandschuh und seift ihn ein. Bei der ersten Berührung des Rückens gibt Gelika einen Laut von sich.

„Aah. Gut."

Slavo wird etwas mutiger. Er seift jetzt die Brustansätze unter den Armen. Die Brust. Die Hüfte. Gelika steht auf. Slavo traut seinen Augen nicht. Er wird starr.

„Frierst du?", fragt Gelika. „Komm in die Wanne."

Slavo hätte nie gedacht, mit einer Frau zusammen baden zu dürfen. Er zieht sich aus. Bis auf die Hose.

„Die sitzt wohl zu fest?"

Gelika muss lachen. Slavo lacht mit.

„Sie hängt fest."

Blitzartig greift Gelika hin. Sie zupft die Hose über den Widerstand. Ihre Augen werden größer.

„Mein Gott! Ein Prachtkerl."

Sie ist überwältigt von dem schönen Anblick.

„Darf ich den auch waschen?"

Slavo schluckt. Er weiß beim besten Willen nicht, was er antworten soll. Er schaut in Richtung Decke.

„Darf ich das Ding von Dir auch waschen?"

„Gerne."

„Ich fange mit dem schönen weichen Rücken an."

Slavo meint natürlich die Hüfte und den herrlich weichen Hintern Gelikas.

Das Bad dauert jetzt seine Zeit. Slavo bemerkt eine zunehmende Neugierde bei sich. Gelika schämt sich kein bisschen. Sie fühlt sich geborgen und heimisch. Ihre Bewegungen werden hemmungsloser. Sie zeigt, was sie hat. Slavo drückt ihr den Waschhandschuh in die Hand. Die fängt auch dem Rücken an. Irgendwie zieht es sie trotzdem nach Vorne. In die untere Bauchgegend.

„Soll ich auch rasieren?"

Slavo schluckt.

„Wenn du mich nicht schneidest."

Er schaut dabei auf den schön rasierten Schambereich Gelikas.

„Machst du das selbst?"

„Schon. Aber etwas Hilfe könnte ich gebrauchen."

Die Zwei lachen lüstern. Die Hemmungen scheinen besiegt zu sein.

Gelika rasiert zuerst sich und dann Slavo. An bestimmten Stellen wird sie vorsichtig.

„Dafür müssen wir eine Enthaarungscreme nehmen."

„Ich muss morgen Saatgut holen. Dann können wir die mit kaufen."

Nach dem Abtrocknen gehen Beide auf ihr Zimmer. Gelika lässt ihr Zimmer offen. Sie hofft auf Besuch. Slavo ist eingeschlafen.

Gelika weckt von Geräuschen auf. Slavo klopft mit einer Kelle auf eine Pfanne. „Frühstück!" Gelika geht gleich runter in die Küche. Es duftet. Nach dem Frühstück fahren beide mit dem Minitraktor Slavos in den Ort. Zuerst gehen Beide zur Bank. Slavo muss das Saatgut auf Kredit kaufen. Gelika läuft inzwischen in die Drogerie. Für Enthaarungscreme. Slavo hat ihr gesagt, er kauft in der Drogerie auf Kredit. Sie wissen Bescheid.

„Slavo hat keinen Kredit mehr", sagt die Verkäuferin zu Gelika. Gelika verspricht, sich darum zu kümmern. Sie verabschiedet sich. Slavo steht vor der Bank und wartet auf Gelika.

„Wir haben keinen Kredit mehr. Wir können kein Saatgut kaufen. Die Genossenschaft übernimmt das nicht mehr."

„Warum?"

„Die letzte Tilgung steht noch aus."

„Warum hast du mir das nicht gesagt?"

„Ich habe das nicht gewusst. Das Saatgut hat sich im Preis verdreifacht. Ich habe immer den normalen Kaufpreis überwiesen."

„Ist keine Mahnung gekommen?"

„Nicht zu mir. Wir müssen bei der Genossenschaft nach fragen."

Beide fahren zur Genossenschaft. Der Ehrenvorsitzende ist da. Er empfängt Slavo und Gelika.

„Unsere Genossenschaft hat beschlossen, bei dir kein Getreide mehr anzubauen. Das ist zu teuer. Wir bekommen nicht mehr das Geld wie früher."

„Was soll ich da jetzt tun?"

„Wir haben dich auf Tierzucht umgestellt."

„Was bekomme ich dann für Milch und ein Schlachttier?"

Der Vorsitzende legt ihm die Preistabelle hin. Slavo liest.

„Für das Geld bekomme ich die Milch nicht mal von meiner Alm herunter. Wer holt die ab? Wer bezahlt das Futter?"

„Du musst die Milch zur Sammelstelle bringen."

„Für das Geld kann ich das nicht tun."

„Dann tut es uns Leid."

„Holt Jemand meine Rinder ab?"

„Die übernehmen wir. Wir kümmern uns auch. Du kannst sie bei dir lassen. Du bekommst eine Pacht."

„Danke."

Alle verabschieden sich.

„Ich muss einen neuen Beruf lernen", sagt Slavo zu Gelika.

„Was kannst du?"

„Höchstens Fahrer. LKW."

„Der Einfall ist gut."

„Wir können uns gleich im Ort kümmern."

„Was kann ich dann tun für uns?"

„Abwarten. Wir werden das noch erfahren."

Die Fuhrunternehmen suchen Fahrer. Für internationale Fracht. Teilweise mit Eigenhaftung. Das lehnt Slavo ab. Er möchte das nur als Angestellter tun. Er erfährt, als Angestellter wird er durch ganz Europa und Afrika gejagt. Mit viel Glück, sieht er seine Familie, ein Mal im halben Jahr.

„Ich muss das tun. Sonst nehmen sie uns auch den Grund samt Haus weg."

„Wir heiraten und werden uns gemeinsam darum kümmern."

Slavo fällt fast aus den Wolken. Gelika steht zu ihm.

„Was willst du tun?"

„Wir verdienen uns zusammen ein paar Tiere. Damit betreiben wir unsere Farm selbst. Ohne Kredite. Was bekommen wir von der Genossenschaft in der Zwischenzeit?"

„Nur die Pacht und etwas Geld für das Futter auf der Weide."

„Gut. Dann lass uns unseren Plan umsetzen."

„Das feiern wir heute zu Hause."

„Mit Enthaarungscreme?"

„Ich habe noch etwas Guthaben. Ja."

Slavo soll am kommenden Tag seinen LKW zur Probe fahren. Den Tag darauf geht es schon los. Die erste Tour. Gelika verspricht, sich um eine Arbeit zu kümmern. Sie telefoniert mit Bekannten. Sie geben Ratschläge. Sie soll ihr Glück als Ungelernte in der Gastronomie versuchen. Sie bewirbt sich in Hotels und auf Rasthöfen erneut. Mit ihrer ersten Bewerbung auf einem österreichischen Rasthof nimmt sie Kontakt auf. Slavo findet das günstig. Er glaubt, Gelika damit öfter zu sehen.

Nach dem Organisatorischen, gehen die Zwei wieder ins Bad. Gelika möchte Slavo von den lästigen Haaren befreien. Sie glaubt, bei seinem neuen Job würde sich das gut machen. Slavo ist auch überzeugt davon.

„Lass uns schnell noch heiraten", sagt Slavo in der Badewanne. Slavo meint damit den Vollzug der Ehe. Gelika findet den Zeitpunkt passend. Beim Rasieren zeigt Slavo seine absolute Unschuld. Er kommt schon beim Auftragen des Rasierschaums das erste Mal.

„Hab ich dich jetzt entjungfert?", fragt Gelika. Beide lachen.

„Nein. Das habe ich selbst schon oft getan."

„Macht nichts. Ich auch."

Die Beiden gestehen sich, für sie ist es mit einem Partner das erste Mal. Slavo bezweifelt das zwar. Geht aber nicht näher darauf ein. Er will den schönen Abend nicht verderben. Tatsächlich hat Gelika mit ihren Freundinnen auf dem gemeinsamen Zimmer, oft Doktor gespielt. Als Erwachsene. Die Unschuld sollte dabei erhalten bleiben. Sie ist es aber nicht. Die Spielzeuge wurden immer interessanter. Und immer schöner. Sie hofft, Slavo merkt das nicht. Slavo merkt es aber. Er sagt nichts dazu.

Gelika soll es ihm selbst gestehen. Sie tut es. Sofort.

„Wir haben es in unserem Zimmer manches Mal etwas heftig getrieben."

„Das interessiert mich kein Bisschen."

Slavo weiß sehr Wohl, als Bauer hat er keinen guten Stand bei den Frauen. Kaum Eine der modernen Frauen liebt wirklich die ländliche Arbeit. Sekretärinnen und Friseusen werden dort sicher nicht gebraucht. Und Beamtinnen samt Politikerinnen, so und so nicht. Auf dem Land lässt sich selten Etwas mit dem Maul bewegen. Um so überraschter ist er von Gelika.

Der erste gemeinsame Abend ist ein Fest.

„Hab keine Angst. Ich nehme die Pille."

Slavo muss lachen. Geli lacht mit.

„Ich glaube, genau diese Beruhigung haben viele Väter sehr oft gehört."

„Mit einem Nachwort", sagt Gelika.

„Entschuldige. Ich habe die Pille vergessen."

„Ich kann keine Kinder ernähren. Und du sicher auch nicht", sagt Slavo.

„Wie auch? Als Putzkraft oder Fahrer in Europa?"

Beide lachen. Etwas Bitternis schlägt durch. Geplant war es anders.

„Wir werden uns selten sehen. Wer kann da schon Rechenschaft über diverse Ausrutscher ablegen", sagt Slavo und tröstet dabei Gelika. „Wichtig für uns ist; wir halten zusammen."

Slavo geht zu seinem Schrank. Den hat Mutter noch eingerichtet. In einem kleinen Kästchen liegen die zwei Goldringe der Eltern. Beide stecken sich gemeinsam die Ringe an. Jeder bei dem Anderen.

„Papa und Mama haben ein Leben lang zusammen gehalten."

„Das gilt auch für uns."

Beide küssen sich intensiv.

„Ich habe Hunger nach etwas Süßem."

Slavo lässt sich das nicht zwei Mal sagen. Er setzt die Pfanne auf und bäckt in dieser Pfanne einen Biskuit. Gelika staunt.

„Das habe ich von Oma gelernt."

In einem schlanken Behälter schlägt er eine Schokoladencreme. Er gibt ein paar gemahlene Mandeln mit hinein.

„Das passt gut zu unserem letzten gemeinsamen Tag."

„Das wird nicht der letzte sein."

Am Morgen fahren Beide zusammen zum Fuhrunternehmer. Nicht mit dem Traktor. Mit Papas Erbstück, dem Auto.

„Eine kleine Tour hätte ich für dich zur Probe", sagt er zu Slavo. Slavo steht vor dem beladenen LKW.

„Wohin?"

„Nach Wien."

Das Lächeln auf Gelikas Gesicht ist kaum zu übersehen. Ich komme doch tatsächlich kostenlos nach Wien, denkt sie sich. Und das auch noch zu dem Rasthof. Selbst Slavo muss herzhaft lachen.

„Wann muss ich zurück sein?"

„Du musst nach Linz fahren und dort eine Rücktour zu uns mitnehmen."

Das Gesicht Slavos wird immer breiter.

„Morgen Mittag erwarten wir dich zurück."

Gelika schöpft Hoffnung. Vielleicht haben sie ihre zweite Nacht zusammen im Rasthof?

„Ich nehme Gelika mit. Sie hat frei."

„Das trifft sich gut. Ich habe eh keinen Beifahrer. Du musst nur die Last abhängen und die neue anhängen."

Gelika fährt gleich mit dem Auto los. Ihre und Slavos Sachen einpacken. Slavo fährt mit seinem Chef eine kleine Probe. Sie üben Abhängen,

Anhängen und Rangieren. Sein Chef, drückt ihm die Hand.

„Goran. Du kannst du zu mir sagen."

„Slavo. Das freut mich sehr."

„Ich gebe dir mal etwas Geld mit. Für das Essen. Und hier ist eine Karte. Mit der kannst du Tanken und in bestimmten Rasthöfen übernachten."

„Wie funktioniert das?"

„Du gibst die Karte hin und damit wird bezahlt."

„Danke."

„Viel Glück und gute Fahrt."

Zu Hause macht Slavo, Gelika einen Vorschlag.

„Du kannst das Auto von Papa nehmen. Das läuft gut."

„Fahren wir zusammen nach Wien?"

„Aber sicher. Ich fahre vor."

„Wir treffen uns am Rasthof. Ruf mich an."

Gelika ist glücklich. Sie sucht noch einmal ihre Unterlagen. Alles muss komplett sein. Slavo ist schon los gefahren. Am Grenzübergang in Breclav – Reintal wartet er auf Gelika. Sie gehen noch einmal zusammen Einkehren und Etwas essen. Slavo ist stolz, mit der Karte bezahlen zu können. Er gibt Gelika etwas Geld mit.

Gelika kommt am Rasthof an. Sie geht hinein. An der Rezeption erkundigt sie sich nach dem Chef.

„Ich habe mich hier als Reinigungskraft beworben."

Mit einem Mal wird das Gesicht der Rezeptionistin freundlicher. Ehrlich – freundlich. Nicht aufgesetzt.

„Eine Kollegin! Herzlich willkommen."

Der Chef hört das. Sein Büro befindet sich direkt hinter der Rezeption. Ein dynamisch wirkender Mann im Mittelalter zeigt sich. Er sieht aus wie ein Mensch aus dem Mittelmeerraum. Oder er war erst im Urlaub dort. Mit vor gestreckter Hand geht er auf Gelika zu.

„Gelika? Marin mein Name. Ich bin der Leiter dieses Motels. Haben sie schon gegessen?"

„Gerade eben. Mein Mann hat mich bis Wien begleitet."

„Ich zeige ihnen ihr Zimmer."

Er geht vor. Ein endlos wirkender Flur führt an den Motelzimmern entlang. Am Ende dieses Ganges, folgt ein recht langer Gang in die eine Richtung. Ein etwas kürzerer, in die andere.

„Hier sind die Personalzimmer. Ihres ist gleich neben dem Putzraum."

Die Zwei gehen bis zu ihrem Zimmer. Marin öffnet es. Gelika ist überrascht. Das Zimmer ist schön eingerichtet. Mit drei Einzelbetten. Sie hat den Eindruck, es riecht noch nach neuen Möbeln.

„Das Zimmer haben wir frisch eingerichtet."

„Es ist sehr schön."

Beide gehen zur Wäschekammer. Die Kammer ist gleichzeitig auch das Magazin für ihre Reinigungsmittel. Hygieneartikel sind in einem Extraraum gelagert. Dort befindet sich eine Doppeltür.

„Das ist unsere Lieferrampe."

„Wie ist meine Arbeitszeit?"

„Normal arbeiten wir in Vierzig-Stunden-Woche. Bei erhöhter Nachfrage gibt es bisweilen fünfzig bis sechzig Stunden – Wochen. Das sind Überstunden. Sie müssen sich mit der Karte an der Stechuhr an - und abmelden. Wir arbeiten im Zwei – Schicht - System."

„Was verdiene ich?"

„Anfangs können sie mit eintausend und dreihundert Netto rechnen. Manchmal gibt es etwas Trinkgeld. Es gibt einen Schichtzuschlag." Gelika vermeidet, ihre Freude zum Ausdruck zu bringen. Sie ist mit dem Angebot recht zufrieden. Sie bekommt das vergleichbare Gehalt ihrer Arbeitsvermittlerin.

„Kost und Logis sind frei bei uns. Das Personal hat einen Speiseraum. Sie können ihre Pause antreten, wenn sie abgelöst werden."

Gelika ist jetzt beruhigt. Die Nervosität lässt nach.

„Gehen sie einfach in den Personalraum. Dort können sie sich ihren Kollegen vorstellen. Am Arbeitsplatz geht das schlecht."

Gesagt – getan. Gelika folgt ihrem Manager in den Personalraum. Dort sitzen ein paar Kollegen.

Marin verabschiedet sich von den Kollegen. Bei einigen fragt er, wie es ihnen geht. Gelika hört nicht zu. Die Kollegen reden leise. Es scheint keinen Streit zu geben.

„Wo gibt es hier Kaffee?", fragt sie an einem besetzten Tisch mit einem freien Platz.

Die Kollegen stellen sich vor. Gelika natürlich auch.

„Du passt zu uns. Du bist schön", ist ein Kompliment einer Kollegin. Sie ist auch Slowakin.

„Wir sind hier Viele. Es gibt auch Kroaten, Bosnier, Ungarn."

Auf die Frage, wo die Kollegin schläft, kommt eine andere Zimmernummer. Gelika fragt, ob Kollegen in ihrem Zimmer schlafen.

„Das Zimmer ist noch frei."

Sie ist also scheinbar allein. So richtig Recht ist ihr das nicht. Sie hätte schon gern mehr erfahren.

Sie erfährt, wann das Restaurant öffnet. Vor der Öffnung, muss sie es mit ihren Kollegen säubern. Bei voller Belegung, wäre das in einer Stunde erledigt. Eine Kollegin fehlt. Das würde, in etwa, eine halbe Stunde Mehrarbeit bedeuten. Gelika ist das Recht. Sie freut sich, das erfahren zu haben. Immerhin kommt sie jetzt nicht zu spät zum Dienst.

Bei dem Arbeitsbeginn, entschließt sie sich, gleich ins Bett zu gehen.

Kaum ist sie auf dem Zimmer, klingelt ihr Telefon. Slavo steht auf dem Parkplatz.

„Sie haben kein freies Bett für mich."

„Komm zu mir. Ich hole dich ab."

Die Freude ist riesengroß. Slavo stellt verschiedene Warnsysteme an. Er schließt den LKW ab. Die Zwei gehen eng umschlungen in Gelikas Zimmer. Marin sieht die Zwei durch sein Fenster im Bürozimmer. Er nickt freundlich und winkt ihnen zu. Übernachtung genehmigt. Schlussfolgert Gelika.

Die Liebe zwischen den Zweien ist heftig. Slavo muss aber sagen, er kann nicht lange bleiben. Ihm steht nur eine recht kurze Ruhezeit zu. Linz hätte zu lange gedauert. Liebe im engen Zeitfenster. Gelika versucht, ihm so viel wie möglich an Erinnerung zu schaffen. Slavo bemüht sich um das Gleiche. Beide küssen intensiv die Genitalien ihrer Geliebten. Beide hinterlassen Spuren auf dem geliebten Körper des Anderen. Du bist mein. Beim gemeinsamen Duschen müssen sie darüber lachen.

„Einen könnte ich dir noch machen", scherzt Slavo. „Auf deinen entzückenden Hintern."

„Unsere Zeit wird kommen", tröstet ihn Gelika. Slavo verabschiedet sich bereits drei Uhr. Um diese Zeit haben LKW's wenig Stau.

Gelika bleibt gleich auf. Glücklich. Motiviert. Sie fängt sofort in ihrem Zimmer an zu putzen. Danach wischt sie den Korridor. Langsam wird sie warm. An die Arbeit kann sie sich gewöhnen. Die ist gar nicht so schlecht wie ihr Ruf. Sie fühlt sich wichtig. Sie geht in die Garderobe des Personals. Die Sanitärzelle sieht aus wie ein Schweinestall. Entweder haben die Kollegen keine Zeit oder kein Hygienegefühl. Sie fragt sich, ob ihre Kollegen ausgebildet sind. Bei dem Anblick, zweifelt sie daran. Dabei haben Alle, die

HACCP - Richtlinie unterschrieben. Gelegentlich fotografiert sie ihre Funde. Die Kollegen dürfen sie nicht dabei erwischen. Das gäbe sofort Streit und Misstrauen.

Kaum ist sie fertig mit der Nasszelle, kommen die ersten Kollegen. Die erste Schicht. Frühstück und Mittag. Sie betatschen den Hintern Gelikas.

„Guten Morgen. Wie war die Nacht?"

„Wie war eure?"

Wahrscheinlich wissen die Kollegen schon, wer die Nacht bei ihr war. Oder sollte das nur eine Anmache sein? Sie ziehen sich schamlos aus. Gelika staunt bei dem Anblick.

„Willst du mit duschen?"

„Danke. Ich habe schon geduscht."

Die Jungs tanzen eine Art Twist. Sie prahlen mit ihren Liebeswaffen.

„Ist das Alles?"

Schockieren kann sie die Jungs damit nicht. Obwohl - Zwei dabei sind, die nach Unten schauen. Gelika muss lachen. Die Zwei auch. Gelika ist sich sicher, die hatten ihre Nacht. Ihre Kolleginnen kommen. Sie sind zu dritt. Sie weisen Gelika gleich an den Ort ein, der ihr die komplizierteste Arbeit bietet. Die Kochstrecke.

„Du musst von Oben nach Unten arbeiten", sagt ihr Mascha, eine Kollegin. Sie stellt sich auch gleich vor. Beide drücken sich. Sie kommt aus dem Nachbarort von Sala.

„Irgendwie kenne ich dich."

„Warst du auf meiner Schule?"

Die Frage muss Gelika nicht stellen. Es gibt nur eine Schule bis zur achten Klasse. Die höheren Klassen sind in der Bezirksstadt.

„Ganz sicher."

„Dann haben wir uns dort gesehen."

Nach ein paar Fragen, Lehrer betreffend, sind sich die Zwei sicher. Gelika ist das so Recht. Mascha wird sie bei ihren Kolleginnen und Kollegen einführen. Sie erwartet kaum Probleme und einen freundlichen Umgang.

Mascha zeigt Gelika ein paar spezielle Stellen, die unbedingt gesäubert werden müssen. Gelika schaut sich interessiert ihre Technik an.

„Du bist keine gelernte Putzfrau?"

„Nein. Ich habe Geschichte studiert."

„Gut, Frau Doktor. Du bist nicht die Einzige, die studiert hat."

Gelika muss nicht weiter fragen. Sie versteht.

„Nach dem ersten Tag werden dir die Knochen etwas schmerzen. Muskelkater. Schon am dritten Tag, hast du das überstanden."

„Eigentlich ist das ein guter Sport", antwortet Gelika.

„Profisport", gibt Mascha zu. „Wir werden ja bezahlt dafür."

Pünktlich zum Dienstantritt der Köche, ist ihre Arbeit fertig. Der Chefkoch kontrolliert ihre Arbeit.

„Gut. Mit kleinen Mängeln."

Gelika geht sofort zu Mascha und fragt, was der reklamiert hat.

„Der reklamiert immer. Aus Gewohnheit. Jedes Mal etwas Anderes."

Zum Mittag sind die Frauen fertig. Die Köche fragen sie beim Personalessen, ob Gelika ihre Zimmer mal mit reinigt. Doria hat das eingeführt. Sie bekommt immer Mal ein Getränk oder etwas Sex dafür. Sie ist süchtig danach. Doria hat bei der Frage ein Gesicht verzogen. Gelika hat das bemerkt. Sie lehnt ab. Für Doria. Mascha hat ihr am Ärmel gezupft.

„Mach das mal mit. Ich tue es auch gelegentlich."

„Was bekommst du dafür?"

„Das, was Doria auch bekommt."

„Aber ich bin verheiratet."

„Ich auch."

„Du betrügst deinen Mann?"

„Ich erhalte uns hier den Kollektivfrieden. Und damit meine Arbeit."

„Ich weiß nicht. Ich müsste Slavo fragen."

„Warte einfach, bis er wieder Mal kommt und frage ihn."

„Wir sind erst frisch verheiratet. Ich glaube nicht an sein Jawort in der Beziehung."

„Dann lässt du es einfach."

Mascha gibt nach. Sie ist nicht froh darüber. Sie weiß, wie das endet.

„Putzen kann ich deren Zimmer trotzdem mit. Vielleicht sind sie damit zufrieden?"

„Wir werden sehen."

Gelika sagt Ja zu der Anfrage der Kollegen. Im Nu hat sie zwei Zimmerschlüssel in der Hand. Sie fragt sich, was sie sonst in ihrer Freizeit tun soll. Das Putzen ist ihr dann schon mal lieb.

Für das erste Zimmer benötigt sie keine dreißig Minuten. Das zweite dauerte etwas länger.

„Eine Bruchbude", schimpft sie vor sich hin. Marin kommt in das Zimmer.

„Mein Büro und mein Zimmer kannst du auch mit machen."

„Heute?"

„Wenn es Recht ist?"

„Wann?"

„Jetzt."

Gelika geht ins Büro.

„Ein Saustall", ruft sie.

Tatsächlich scheint Marin kein Freund von Ordnung zu sein.

„Früher hat das meine Frau geputzt. Sie tut es nicht mehr."

Offensichtlich spielt sie jetzt feine Dame. Ihr Mann ist Manager. Sie auch. Auch ihre Tochter. Mutter und Tochter sind ein Gespann. Marin sieht sie selten zu Hause. Er geht recht früh und kommt ziemlich spät.

„Das Büro müsstest du täglich mit putzen. Wir bekommen oft Besuch. Auch von unseren Gästen. Bei Reklamationen."

Gelika fragt sich, ob er bisher seine Gäste in diesen Saustall geführt hat. Sie vermutet aber andere Anliegen. Der Chef guckt so komisch. Als würde er sie mit seinen Augen ausziehen. Gelika ist das nicht Recht. Mit seinem Büro ist sie nun fertig. Das hat fast eine Stunde gedauert. Jetzt duftet es wie neu eingerichtet.

„Mein Zimmer machst du bitte morgen."

Gelika rechnet sich im Kopf die Zeit aus, die sie für die Reinigungen benötigt. Fast drei Stunden. Täglich. Sie schüttelt den Kopf. Das sind achtzig Stunden im Monat. Ohne Lohn. Zwei Wochen.

Bis zum Abendessen legt sich Gelika hin. Geweckt wird sie von Mascha. Beim Abendessen schlägt ihr Mascha vor, mit Doria zusammen, zu ihr zu ziehen. Sie hätte das Marin bereits vorgeschlagen. Gelika freut sich darüber. Endlich nicht mehr allein auf dem Zimmer. Zu Dritt gäbe es schon Dinge, mit denen man sich zusammen beschäftigen kann. Spiele und Stadtbesuche gehen Gelika durch den Kopf. Auch etwas Sport. Gelika träumt von Federball. Das hat sie zu gern gespielt mit ihren Freundinnen beim Studium. Sie geht auch davon aus, geschützt zu sein. Geschützt vor Belästigungen. Nach dem Essen kommen Mascha und Doria bereits mit einem Teil ihrer Sachen. Sie räumen die Schränke ein und beziehen die Betten. Es bleibt sogar Zeit für ein Mensch-ärgere-Dich-nicht. Doria trinkt Etwas zum Spiel. Irgendein alkoholisches Mischgetränk. Sie ist leicht beschwipst davon. Mascha findet das gemeinsame Zimmer gut. Sie kann dort die Arbeit gut verteilen.

„Bei Marin musst du etwas aufpassen. Er ist geil."

„Gab es da schon Probleme?"

„Die letzte Kollegin ist wegen ihm gegangen."

„Hat sie Etwas erzählt, warum?"

„Nein."

„Vielleicht war sie mit der Arbeit nicht zufrieden?"

„Sie war recht gut."

„Danke. Ich werde aufpassen."

Am kommenden Tag begrüßen die Gastgeber schon zum Frühstück sehr viele Busse. Gelika muss die Toiletten sehr oft putzen. Sie schüttelt mit dem Kopf. Es fällt ihr schwer, zu begreifen, wie Menschen sich so gehen lassen können. Selbst Tiere benehmen sich kultivierter. Sie zweifelt an der menschlichen Entwicklung. Durch ihren Kopf gehen die Zeiten von Seuchen und Pest. Bei dem Anblick, kommen ihr leicht Vergleiche in den Kopf. Zum Frühstück hat sie keinen Appetit.

„Du wirst dich daran gewöhnen", tröstet sie Doria. „Ich hatte anfangs die gleichen Probleme."

„Heute müssen wir zwischendurch den Gastraum mit reinigen", sagt Mascha. „Wegen dem Regen."

Gelika versteht. Die nassen Schuhe der Gäste bringen reichlich Schmutz in das Restaurant. Und nicht nur dort hin. Auch die Toiletten sehen entsprechend aus.

Nach dem Putzen begeben sie die Frauen wie gewohnt zum Frühstück. Zum Frühstück werden sie bereits von neuen Aufgaben erwartet. Zusätzliche Aufgaben. Marin sagt zu Gelika, er erwartet sie im Büro. Nach dem täglichen Programm. Das Büro wäre eine Zusatzleistung. Die Kolleginnen zeigen mit ihrem Gesichtsausdruck, was Gelika erwarten darf. So in Etwa; gehe Duschen bevor du das Büro reinigst.

Die Frauen schaffen ihr Programm, trotz Regen, noch vor dem Mittagessen. Routine zieht ein. Vor allem, bei Gelika. Der Chef gibt Komplimente am Mittagstisch. Vor allem, für die pünktliche Reinigung trotz der recht starken Verschmutzung.

Gelika geht nach dem Essen ins Büro des Chefs. Das Büro sieht heute etwas besser aus als gestern. Marin lobt sich selbst.

„Da bleibt uns mehr Zeit für das Private", deutet er bereits direkt an.

„Zu Letzt putzen wir mein Zimmer."

Pünktlich zum Feierabend, klingelt das Telefon Gelikas. Slavo ist dran. Nur Slavo. Andere Anrufe erwartet Gelika nicht. Die nimmt sie auch nicht an.

„Ich bin in der Schweiz und warte auf meine Rückfracht nach Spanien. Wir sehen uns höchstens erst übermorgen."

Beide geben sich reichlich akustische Küsschen.
Marin spitzt die Ohren.

„Das wird wohl nichts heute und morgen?"

„Damit können wir leben."

Marin drückt Gelika seinen Zimmerschlüssel in die Hand. Gelika geht los.

Sie richtet Marin das Bett, putzt die Schränke, den Fußboden und zu Letzt, das Bad. Gerade in dem Moment, kommt Marin. Zur Abnahme. Er bewundert den Anblick, als Gelika sich in die Duschzelle beugt. Gelika hat ein zierliches Unterhöschen an. Und das scheint ihn extra zu reizen. Er greift den Hintern Gelikas. Gelika hält still. Sie beherrscht sich.

„Du hast jetzt die Möglichkeit, deine Probearbeit in ein festes Arbeitsverhältnis zu verwandeln."

Gelika greift hinter sich. In den Schritt Marins. Der zeigt sich schon ziemlich erregt.

„Für drei Hundert im Monat mehr, lasse ich einmal die Woche mit mir reden."

„Da würde ich schon gern sehen, was mich erwartet."

„Die Probe kostet einmalig fünf Hundert."

Marin testet schon mit dem Finger, ob er bei Gelika willkommen ist. Eine gewisse Empfänglichkeit scheint sich zu zeigen. Marin kann nur nicht beurteilen, ob das die Reaktion auf Slavo ist.

„Dein Slavo fehlt dir sehr?"

„Ihre Frau fehlt ihnen wohl nicht?"

Seine Frau scheint pro Ritt etwas mehr zu fordern. Vielleicht ein größeres Auto?

„Meine Frau lässt mich nicht mehr."

„Und die Tochter?"

„Das lehne ich ab. Was kostet denn Blasen?"

„Eigentlich wäre mir das lieber. Wegen Slavo. Drei Hundert pro Monat mehr. Dafür darfst du zwei Mal die Woche ran."

„Und die Probe?"

„Zwei Hundert. Sofort."

„Aber nackt."

„Ja gerne."

Gelika verlangt das wie in Profi. Unnachgiebig.

„Kluge Frauen wissen, was sie wert sind", sagt Marin als Kompliment. „Einverstanden."

Er öffnet die Kasse in seinem Schranksafe und drückt Gelika zwei Hundert in die Hand. Gelika zieht sich aus. Fast wie bei einem Striptease. Sie dreht sich und zeigt, was sie hat. Marin lässt seine Hose fallen. Er ist schwer erregt.

„Einen Film wirst du sicher nicht brauchen", scherzt Gelika.

Kaum hat sie Marins Schwanz im Mund, verzieht er das Gesicht. Er gibt reichlich. Gelika geht sich den Mund spülen. Nackt.

„Für Zweihundert bist du aber ziemlich flott unterwegs."

„Das wird sich mit der Regelmäßigkeit geben. Danke."

Gelika ist jetzt überzeugt, zu Hause bekommt der Nichts mehr.

Kaum ist sie auf ihrem Zimmer, stellen ihre zwei Kolleginnen die Fragen. Die hat Gelika erwartet.

„Du musst aufpassen. Lina merkt Alles! Die führt ein strenges Regime."

„Was hast du denn gefordert?", fragt Doria.

„Zwei Hundert."

„Gratulation. Ich bin nicht so schön wie du. Mir gab er weniger."

„Bekommst du heute noch mehr Lohn?"

„Nein. Da läuft nichts mehr."

„Wie hat er den Lohn bezahlt?"

„Schwarz. Als Zulage."

Gelika fragt sich, wie Marin zu Schwarzgeld kommt. Viele Möglichkeiten erkennt sie da nicht.

An der Zimmertür klopft es. Ein Kochkollege steht an der Tür. Er möchte Mascha abholen. Mascha hat sich schon frisch gemacht.

„Wo geht ihr hin?"

„Einkaufen."

„Darf ich mit gehen?"

„Bitte. Komm."

Der Rasthof befindet sich unweit eines Einkaufszentrums. Dort hin gehen die Frauen gerne etwas spazieren. Es gibt reichlich Möglichkeiten, Geld auszugeben. Das will Gelika eigentlich vermeiden. Sie hat sich für das strenge Sparen entschieden.

Der Spaziergang führt sie in ein riesiges Einkaufszentrum. Kaum ein Wunsch wird dort nicht erfüllt. Bei dem Anblick fragt sich Gelika, was sie hier möchte. Lebensmittel braucht sie nicht. Desserts hat sie im Rasthof. Fast zu viel. Schuhe und Kleidung müsste sie in ihrem Gepäck platzieren. Dort ist bereits jeder Platz besetzt. Sie könnte höchstens ihr Handy aufladen. Die Freundinnen setzen sich in ein Cafe. Der Blick auf die Karte sorgt bei Gelika schon für den ersten Schreck. Vier Euro für eine Tasse Kaffee. Was soll das? Die Mädchen bestellen. Gelika nicht. In diesem Kaufhaus gibt es tatsächlich nichts, was Gelika gebrauchen könnte. Und dafür steht dort so ein riesiges Haus. Selbst der Markt in ihrer Stadt ist für Gelikas Anliegen, einfach zu groß. Warum soll sie durch tausende Salamis, tausende

Cremedosen und hunderte Stühle gehen, ehe sie eine Telefonkarte aufladen kann? Sie begreift den Aufwand nicht. Alles wirkt auf sie irgendwie erdrückend. Fast zwingend und zudem, lähmend. Und dann noch diese scheußliche Musik, welche mit Werbeaufrufen unterbrochen wird.

„Ich kann hier nicht bleiben",sagt sie zu Mascha. „Hier werde ich verrückt."

„Mir ging das am Anfang auch so. Jetzt habe ich mich daran gewöhnt."

„Entschuldigt mich bitte. Hier wird mir schlecht." Die Kolleginnen fragen Gelika, ob sie den Weg weiß. Gelika bejaht das. Sie geht.

Kaum ist sie auf dem Zimmer, kommt Marin noch einmal vorbei. Er will sich nur verabschieden. Einen Kuss gibt ihm Gelika nicht. Vielleicht hat er so etwas erwartet? Etwas Liebe?

„Bis morgen", sagt er trocken.

„Gibt es hier irgend eine Freizeitmöglichkeit. Sport, Billard, Tischtennis oder so Etwas?"

„Im Gewerbegebiet. Ich werden mal suchen zu Hause."

Zum Abendessen sind Alle wieder da. Hier steht der Kuchen kostenlos. Der Kaffee aus dem Automaten kostet für das Personal, dreißig Cent.

Das gibt Gelika gern. Der Becher ist auch gut gefüllt. Verlängerter steht auf der Taste.

„Ein Kilo Kaffee hätte ich mir mitnehmen können", sagt Gelika zu sich. Mascha hört das. „Das gibt es auch bei uns hier. Der Preis ist etwa gleich. Für das Personal."

Gelika ist beruhigt. Immerhin führt der Rasthof eine eigene Verkaufsstelle. Wozu soll sie dann in das Gewerbegebiet rennen?

Die Kolleginnen gehen schon Duschen. Die Mädchen sind schön. Jede für sich. Sie legen großen Wert auf Ordnung. Das freut Gelika.

Nach dem Duschen vergleichen die Frauen ihre Käufe. Sie kichern bei bestimmten Produkten. Gelika schläft schon halb. „Gute Nacht."

Die Nacht war kurz. So kommt es Gelika vor. Der Morgen ist regenfrei. Sie werden heute weniger zu tun haben.

Zum Frühstück kommt Marin. Nicht allein. Seine Frau und seine Tochter sind dabei. Die Kollegen wundern sich. Lina und Rosa zeigen sich sehr selten im Betrieb ihres Mannes und Vaters.

Marin kommt an den Tisch der drei Frauen. „Gelika. Komm bitte mal mit ins Büro."

Die Frauen schauen sich untereinander fragend an. Was soll das bedeuten?

Kaum ist Gelika im Büro, zischt Lina sie an.

„Sie hatten Sex mit meinem Mann."

Lina hat die Unterwäsche Marins kontrolliert. Offensichtlich mit Rosa zusammen. Marin steht da wie ein unbeholfenes Extra. Wie ein stimmloses Zubehör.

Gelika antwortet nicht. Marin übernimmt das. „Ich soll dich entlassen, sagt Lina. Du hast die Probezeit nicht bestanden."

Gelika ist überrascht. Sie antwortet nicht. Sie nickt nur. Der Erpresser wirft sie raus. Spurenvernichtung. Sie bekommt keine Gelegenheit, mit Marin persönlich zu sprechen. Lina und Rosa verhindern das. Sie begleiten Gelika bis zur Tür. Draußen warten die Kolleginnen. Gelika flüstert. „Ich bin entlassen." Die Kolleginnen tun schockiert. Auf Gelika wirkt das etwas geheuchelt. Sie hat innerlich abgeschlossen. Sie geht packen.

Der Umzug

Bei ihren Bewerbungen hatte Gelika Kontakt mit einem Gasthaus in Saalbach – Hinterglemm. Der Gasthof gefällt ihr. Er liegt an einem kleinen See. Es wird wohl eher ein Teich sein. Mit See in Touristenwerbungen, wird schnell etwas übertrieben. Vielleicht ist es nur die eigene Fischzucht, die als See verkauft wird. Immerhin rühmt sich das Haus der eigenen Fische. Es gibt reichlich Arbeit für das Hilfspersonal. Und die will sich Gelika nun antun. Am Telefon glaubt sie, etwas Heuchelei zu vernehmen. Hilft nichts. Das Geld muss verdient werden für die gemeinsame Zukunft mit Slavo.
Gelika ruft Slavo an. Slavo verspricht ihr, den Rasthof nie mehr zu besuchen. Gelika verspricht, Slavo den neuen Betrieb genauer zu zeigen. Beide zweifeln daran, sich in naher Zukunft zu sehen. Das Gebäude liegt nicht im Tourenbereich seiner Firma, sagt Slavo. Sie wollen sich zukünftig per Chat treffen. Auch gemeinsam unterhalten. Gelika ist zwar noch etwas skeptisch. Aber nach einem Versuch, ist sie davon überzeugt. Ihre junge Liebe wird dadurch nicht einschlafen.

Die Fahrt zur neuen Arbeitsstelle ist mit reichlich Wartezeiten an Baustellen gesegnet. Einen halben Tag verliert sie dadurch. Erst als es dunkel wird, kommt sie in dem neuen Betrieb an. Sie wird freundlich empfangen. Es gibt ein Schnitzel. Ein riesengroßes. Die Kollegin, welche dort aufhört, soll ihr den Betrieb zeigen. Dabei erfährt sie, sie ist die einzige Reinigungskraft.

„Mir war das zu viel", sagt ihr eine ungarische Kollegin. Die Kollegin war recht schön und gut zurecht gemacht.

„Gibt es hier Discos?"

Gelika fragt, weil sie davon ausgeht, die Kollegin hat sich dafür zurecht gemacht.

„Discos gibt es hier reichlich. Praktisch, in fast jedem Wirtshaus."

Bei dem zu erwartendem Pensum? Gelika geht nicht davon aus, jemals eine Disco von Innen zu sehen. Mit Wem soll sie da tanzen gehen? Slavo ist weit entfernt. Die Frage war oberflächlich gemeint. Sie wollte eigentlich nur erfahren, ob ihre Kollegin dazu Zeit fand. Wie scheint, nicht. Die Chefin macht die Abrechnung. Gelika wurden Eintausend und Achthundert, Netto geboten. Unterkunft und Essen frei. Das hat sie überzeugt. Bei dem Netto, geht sie auch nicht von einer Fünf – Tage – Woche aus. Die Chefin bringt ihr das gerade schonend bei. Schön umschrieben.

Ihr Zimmer ist nicht mit dem vergleichbar, das sie im Rasthof hatte. Es wirkt etwas herunter gekommen. Abgelebt. Neue Möbel erwartet Gelika auch nicht. Ihr ist das so - lieber. Das Zimmer riecht nach Holz. Nach dem, mit dem die Wände verkleidet wurden. Zirbe soll das traditionell sein. Sie weiß es nicht. Es duftet aber angenehm und wirkt beruhigend.

Als sie sich wieder im Gastraum zeigt, sitzt die Bar voller Touristen. Die pfeifen schon ziemlich auffällig. Frauen sind nur zwei zugegen. Der Rest sind alles Männer. Einige scheinen einheimisch zu sein. Die Chefin betreut die Bar. Wie es scheint, betreiben die Wirtsleute das Haus allein. Bis jetzt, konnte Gelika keine anderen Kollegen sehen.

„Ist sie deine neue Hilfskraft?", fragt einer der Gäste.

„Ja."

„Die sieht recht brauchbar aus."

Der Ton und die Wortwahl, lassen Gelika an der Intelligenz des Mannes zweifeln. Selbst die Chefin reagiert ziemlich abweisend. Mit ihrem Gesichtsausdruck. Gelika würde das so übersetzen: „Der ist ein Idiot. Alkoholiker."

Seine Sprache ist der einheimischen ziemlich ähnlich. Trotzdem gibt der sich als Deutscher aus im Laufe der Zeit. Gelika erinnert sich an die vielen bayrischen Touristen in ihrer Heimat. „Morgen, zum Frühstück, zeige ich dir deine Aufgaben", sagt die Chefin. Bis jetzt, hat sie sich nicht mit ihrem Namen vorgestellt. Gelika bemerkt aber, sie hat schon den zweiten Schoppen Wein getrunken. Den haben ihr die Bargäste aus gegeben.

Gelika geht wieder auf ihr Zimmer. Sie versucht, dem Fernseher einen Film zu entlocken. Zwei Programme laufen auf dem Gerät. Die anderen sind verschlüsselt. Das eine Programm zeigt eine langweilige Talkshow. Abgehalfterte prominente Kranke, bekommen eine verdeckte Gehaltszahlung von den Rundfunkgebühren. Auf dem zweiten Kanal läuft ein Film. Besser gesagt, eine Serie. Langweilig und schlecht. Miese Schauspieler haben eine Arbeit gefunden. Wieder für das Geld aus dem Gebührensäckel. Gelika stellt das Schauspiel ab. Sie hört sich das Internetradio aus ihrem Telefon an. Dort versteht sie wenigstens kein Wort. Das lässt sie beruhigt einschlafen.

Den Ohrhörer hatte sie vergessen, heraus zu nehmen. Der Klingelton des Weckers, hat sie fast erschrecken lassen. Sie macht sich frisch und kleidet sich mit dem Trainingsanzug. Mehr hat sie nicht.

Viel mehr wird sie auch nicht benötigen. Putzen ist schließlich kein Laufsteg.

„Wir haben zwanzig Zimmer. Ein paar kommen noch hinzu. Die bauen wir gerade. Dazu kommt unsere Wohnung, die Sauna und das Haus. Die Bar, das Restaurant und die Küche, sind nur Unten zu reinigen."

„Mit Unten meinen sie den Fußboden?"

„Ja."

„Josef."

Der Wirt stellt sich vor. Gelika versteht nur die Hälfte. Josef hat ziemlich glasige Augen. Er riecht streng nach Rauch.

„Magda."

Die Wirtin klingt noch etwas benommen. Sie scheint spät ins Bett gekommen zu sein. In ihren Kaffee gibt sie einen großzügigen Tropfen Obstler. Bei dem Anblick bekommt Gelika - Gänsehaut.

Josef hat frisch geräucherte Forelle auf dem Tisch gelegt. Gelika soll sie probieren. Jetzt scheint sie zu kapieren. Die Augen und der Geruch kommen von der Räucherkammer.

Die Tür nach Hinten geht auf. Ein älterer Mann kommt herein. Mit einem Helm auf dem Kopf.

„Das ist unser Koch", sagt Magda.

Der Mann nimmt den Helm ab.

„Paul."

„Gelika."

Paul zeigt im Gehen mit der Stirn auf Gelika. Er schaut dabei Josef an und nickt mit leuchtenden Augen. Gelika kann sich denken, was das bedeutet. Sie hat das im Spiegel gesehen. Der Spiegel befindet sich in einer Standuhr nahe dem Tisch. Vom Tisch aus kann man damit sehen, wer vor der Tür steht und wer gerade herein kommt. Ohne sich umzudrehen. Die ungarische Kollegin hat den Spiegel gut gepflegt.

Paul setzt sich. Er schnappt sich eine Forelle. Die größte. Mit zwei Griffen, zieht er dem Tier die Haut ab. Mit nur zwei Bissen, ist das Rauchfilet in seinem Mund verschwunden.

„Gut", sprudelt er mit vollem Mund und leckt sich die Finger.

Magda gießt ihm den Kaffee ein. Auch diesem Kaffee gibt sie einen gehörigen Schluck Obstler dazu. Paul nickt dankend.

„Das Tagesgericht heute ist Rostbraten", befielt sie Paul.

„Ich habe zwei Stränge", antwortet er.

„Du hast auch noch drei Hüften."

Paul nickt. „Geht klar."

„Schält sie die Kartoffeln?", fragt er und schaut Gelika an.

Gelika zeigt sich etwas verwundert. Sie dachte, ihre Aufgabe sei das Putzen des Hauses. Die Küche würde sie aber auch interessieren.

„Wir müssen erst schauen, ob sie das schafft."

Mit Gelika redet Keiner am Tisch. Aber über sie. Vor ihr. Als wäre sie ein Werkzeug.

„Putzt sie auch die Küche?"

„Den Fußboden, habe ich ihr gesagt."

Paul zieht ein Gesicht.

„Hoffentlich besser als die Ungarese."

„Bis zur Öffnung haben wir noch eine Stunde", sagt Magda. Sie schaut zu Gelika.

Gelika schließt daraus, sie soll mit der Reinigung beginnen. Die Wirtsleute und der Koch bleiben sitzen. Gelika arbeitet jetzt unter direkter Aufsicht.

Der Boden besteht aus einer Art Klinker. Der ist geschnitten wie Fließen. Das Wasser saugt er auf wie ein Schwamm. Magda gibt ihr ein Mittel. Das soll sie dem Wischwasser zusetzen. Wischwachs liest Gelika. Als Maß, soll sie eine Kappe voll nehmen. So steht es auf der Flasche. Sie nimmt eine Kappe.

„Nimm noch zwei dazu", befielt Magda. Sie schüttelt mit dem Kopf dabei. Wahrscheinlich beklagt sie die mangelnden Kenntnisse von Gelika. Gelika hat mit so einem Mittel noch nie gearbeitet. Die drei Angetrunkenen scheinen das zu merken. Sie trinken bereits den dritten Kaffee dieser Art. Die Gäste des Hauses werden nie nüchterne Gastgeber treffen; denkt sich Gelika.

Als Gelika die Küche betritt, folgt ihr Paul. Paul betatscht ihren schönen Hintern.

„Du kannst dir Zeit lassen hier."

Magda und Josef bleiben draußen sitzen. Wahrscheinlich haben die sich das so abgesprochen, denkt sich Gelika.

„Wenn du den Hintern betatschen willst, kostet das Geld. Zwanzig pro Versuch."

Geld vermutet Gelika bei dem nicht. Dafür säuft der zu Viel.

„Und Mehr?"

„Für Mehr bist du zu arm."

„Sag schon."

„Ganz Ausziehen, kostet Zweihundert. Eine Vorstellung, Fünfhundert." Gelika ist sich sicher, Paul auf dem linken Bein zu erwischen.

„Was kostet eine Nummer?"
„Nummern mache ich keine. Ich bin verheiratet. Eine Handnummer, nackt, gewaschen, kostet Eintausend."
Das wäre immerhin ihr halber Monatslohn. Als Zuschlag. Am ersten Tag.
Paul geht raus aus der Küche. Er kommt zurück und wedelt mit zehn Hundertern. Gelika sichert sich das Geld. „Bist du geduscht?"
„Natürlich. Ich bin Koch."
Ehrlich gesagt, hätte Gelika das nicht auf den ersten Blick erkannt. Sie gehen zusammen zur Sitzecke in der Küche. Gelika legt ein großes Handtuch aus. „Zieh dich aus. Setzt dich." Mit der Absprache, haben Josef und Magda - Paul versprochen, die Küche zu schließen. Gelika hört den Schlüssel im Schloss. Gelika muss nicht lange an dem Schwengel spielen. Er steht sofort. Bei der Größe, hätte Gelika das auch gratis getan. Schaden kann der keinen anrichten. Dabei hat sie sich noch gar nicht ausgezogen. Sie beginnt mit dem Nackttanz. Viel muss sie nicht ausziehen. Zuerst die Trainingsjacke. Sie hat keinen Brusthalter an. Der Schwengel entwickelt sich. Gelika geht zwischendurch das Ding etwas reiben.
„Blasen?"

„Kostet Fünfhundert."

Paul scheint zu überlegen. „Nein danke."

Gelika zieht die Hose langsam herunter. Ihr kleiner Slip hat sich etwas eingefressen. Man sieht ihn kaum. Sie kontrolliert Paul. Es scheint anzusprechen.

Sie spielt etwas mit ihrer Muschi. Gibt Laute von sich, die einem Orgasmus ähneln. Paul scheint das zu mögen. Er soll sich nicht betrogen vorkommen. Das scheint Gelika zu gelingen. Nach knapp zwei Stunden ist das Programm beendet. Paul dankt Gelika und gibt ihr einen Kuss.

„Das Geschäft kann beginnen", gibt er freudig von sich.

Gelika hört das Schloss der Küchentür. Josef kommt herein.

„Jetzt können wir ja die Zimmer putzen." Das klingt so, als hätte Josef Alles gehört. Gelika zweifelt etwas. Magda kommt in die Küche. Ihr Grinsen reicht von Ohr zu Ohr. Ihr Lippenstift ist etwas verschmiert. Gelika schaut noch mal eine Runde in der Küche. Sie blickt nach Oben. Eine Kamera kann sie nicht entdecken. Woher wissen die Beiden, was gerade gelaufen ist?

Gelika geht nach Oben in die Etage. Sie geht zuerst in ihr Zimmer. Wo kann ich mein Geld

verstecken? Die Frage quält sie etwas. Sie hat Angst, bei der Reinigung, ihr Geld zu verlieren. Die Taschen in ihrem Trainingsanzug sind zu klein. Dort fallen die Scheine heraus. In der Tasche würden Diebe zuerst suchen. Auch in ihren persönlichen Sachen. Ein kleiner Läufer käme in Frage. Sie verwirft den Plan. Die Lampe? Das hat sie mal in einem Film gesehen. Das geht auch nicht. Sie nimmt ein paar Socken. Die Socken rollt sie immer in einem Paar zusammen. Dabei wird eine Socke, teilweise in die andere gesteckt und zusammen gerollt. Das ist ein guter Platz, denkt sie. Sie fotografiert Alles, wie es da liegt, mit dem Handy. Aus mehren Perspektiven. Nach dem Zimmer putzen, will sie auf die Sparkasse gehen. Die ist nur einen knappen Kilometer entfernt vom Betrieb.
Sie geht die Zimmer putzen. Das Treppenhaus. Die Toiletten und stoppt die Zeit. Es sieht günstig aus. Sie ist zu Mittag fertig.
Paul läutet die Glocke. Die Hausgäste, welche da sind, laufen auf den Flur. Sie grüßen Gelika freundlich. Einige freuen sich, ein neues Gesicht zu sehen. Sie tuscheln etwas untereinander. Unten angekommen, wird Gelika von Paul empfangen. Er hat ihr Etwas gekocht. Sie bekommt ihr Essen in der Küche serviert. An

dem Tisch, an dem sie den Nackttanz vorgetragen hat. In der Personalsitzecke. Paul hat Alles hergerichtet. Josef und Magda kommen auch gerade. Sie sind ziemlich besoffen. Wirken aber höflich und freundlich.

Die Sitzecke vom Personalstammtisch ist getäfelt wie die Zimmer. Gelika bemerkt Löcher in der Täfelung. Astlöcher. Aus einigen ist der Ast bereits heraus gefallen. Sie bemerkt bei einigen Löchern, Licht dahinter. Das möchte sie genau untersuchen. Später. Jetzt wäre das zu auffällig. Bestimmte Vermutungen plagen sie. Für ihr Zimmer, hat sie sich das auch vor genommen.

„Soll ich abends Etwas helfen?", fragt sie Magda.

„Gerne. Komm einfach herunter und schau dir das an."

Paul geht sie natürlich auch fragen.

„Du kannst mir die Küche wischen nach dem Mittagsgeschäft."

Gelika sieht das als Möglichkeit, die Sitzecke mal genau anzuschauen. Nach dem Mittag bleibt nur Einer von Beiden an der Bar. Josef und Magda lösen sich etwas ab. Keiner kann von Früh bis in die Nacht, den Dienst durchhalten. Schon gar nicht, nach dem Konsum von ddiesen Mengen an Alkohol. Gelika rechnet mit günstigen Zeiten, in denen sie unbeobachtet nachsehen kann.

„Du kannst mal die Wäsche waschen", sagt
Magda zu Gelika. Genau damit hat Gelika
gerechnet. Wer wäscht hier die Wäsche?
Nachdem sie die Wäsche genau angesehen hat,
stellt sie fest, es ist Leihwäsche. Eine Firma,
zusätzlich zum Hersteller, ist eingestempelt.
„Das ist doch Leihwäsche?"
„Ja. Aber Kleinwäsche erledigen wir bei uns. Das
spart etwas Geld."
Gelika versteht. Die Wäsche wird in Kilogramm
abgerechnet. Und die schwere Wäsche wird im
Haus gewaschen. Nach der Benutzung sind
Handtücher eben besonders schwer.
Handtücher sind für Gelika auch unkompliziert
zu reinigen. Magda hat eine Bügelpresse. Gelika
kennt das noch von zu Hause. Im Ort gibt es
eine Mangel. Die Hausfrauen treffen sich dort
regelmäßig. Gelika füllt die zwei Maschinen und
stellt das Programm ein. Pünktlich zum
Abendessen ist das fertig. Magda verabschiedet
sich zur Mittagsruhe. Paul auch. Paul fährt mit
seinem Roller. Gelika überprüft das genau. Jetzt
schaut sie noch um die Ecke, ob Josef beschäftigt
ist. Er ist es. Er spielt mit seinen Stammkunden –
Karten. Jetzt kann Gelika nachschauen.
Sie Astlöcher in der Sitzecke der Küche
interessieren sie zuerst. Mit einem Holzstäbchen

sticht sie in jedes Loch. Einen, zwei, drei Widerstände spürt sie. Mit dem Licht am Telefon möchte sie die Löcher ausleuchten. Zuerst versperrt ihr das Telefon die Sicht. Sie probiert verschiedene Stellungen. Volltreffer! Ihr leuchtet Glas entgegen. Das Glas der Linse einer Kamera. Gelika weiß es nicht genau. Sie rät. Vielleicht hilft eine andere Lichtquelle. Im Messerkasten der Küche liegt eine Taschenlampe. Paul geht damit manchmal in den Keller. Er steckt das Bier an. Er scheint sich am besten auszukennen damit. Nachdem sie das weiß, geht sie auch in ihrem Zimmer suchen. Sie nimmt die Taschenlampe gleich mit.

Im Zimmer sucht sie alle Astlöcher durch. Es sind Löcher dabei, die keine Astlöcher sind. Sie sind aber so präpariert. Man kann sie beim flüchtigen Hinsehen mit Astlöchern verwechseln. Kein Mensch würde das suchen. Gleiche Feststellung. Vier Kameras hat sie gefunden. Bei der Feststellung befällt sie plötzlich ein grausames Gefühl. „Mein Geld! Mein Versteck!" Auf dem Handy vergleicht die Die Lage ihrer Sachen. Hier war Jemand. Sie wollte gleich zur Sparkasse gehen und das Geld überweisen. Sie stülpt die Socken um. Weg. „Mein Geld ist gestohlen."

Sie rennt nach Unten zu Josef.

„Mein Geld ist weg."

„Hattest du dein Zimmer abgeschlossen?"

„Zwei Mal. Ich habe den Schlüssel zwei Mal gedreht. Die Tür war zu."

„Dann müssen wir zur Gendarmerie gehen."

Die drei Kartenspieler bei Josef lächeln einander zu.

„Mäuse. Die gibt es hier zu Hauf."

Gelika denkt sich, zur Polizei kann ich nicht gehen. Die wollen sicher wissen, wie ich am ersten Tag mein Geld verdient habe.

„Ich packe."

Gesagt getan. Gelika packt.

„Tschüss", sagt sie.

Aus dem Auto ruft sie Slavo an. Sie gesteht ihm alles und erwähnt das gestohlene Geld. Slavo zeigt ernstes Mitgefühl.

„Ich bin gerade in Südtirol. An der Abfahrt zum Pustertal vor Brixen. Die Pension, in der ich übernachtete, sucht eine Wirtschaftshilfe. Ich frage sie."

Es dauert keine zehn Minuten und Gelikas Telefon klingelt.

„Du kannst dich in der Pension - Schwalbe melden. Die brauchen dich. Ich sage Denen Bescheid."

Nach einigen akustischen Küsschen, legt Slavo auf. Wenn Slavo diese Route fährt, werde ich ihn öfter treffen. Das wünscht sich Gelika. Slavo hat ihr schon von seinen Einnahmen berichtet. Die sind recht stattlich. Er bekommt auch Prozente. Die überweist Goran, sobald seine Rechnungen beglichen sind. Es scheint noch pünktliche Zahler zu geben.

Gelika fährt über den Brenner. Sie staunt. Diese Gegend ist ihr neu. Der Blick das Eisacktal hinunter, vermittelt ihr Hoffnung. Nach dem ersten großen Verlust, kann sie das gebrauchen. Die Angst, noch mehr Geld für den Weg zu zahlen, hat sie auf die Landstraße getrieben. Sie kann nicht verstehen, warum sie für die Suche nach Arbeit, auch noch so viel Geld bezahlen soll. Allein für die Straßenbenutzung ist sie bis jetzt fast zweihundert Euro los geworden. Sie muss sich in Zukunft mehr auf Landstraßen konzentrieren. An praktisch jeder Ecke, an jedem Tunnel und an jeder Brücke, wartet ein Kassenhäuschen. Sie kommt sich vor wie im Mittelalter. Der Zeitsprung zurück, scheint den Gesellschaften gelungen zu sein. Merkt das Keiner?

Ihre Eltern berichteten oft von Arztbesuchen, Klinken, Schulen und Universitäten, die Jedem kostenlos zur Verfügung standen. Volkseigentum. Auch bei den Straßen. Das ist der Respekt gegenüber Jenen, die das gebaut und bezahlt haben. Auch bei ihnen zu Hause geschieht das. Eine kriminelle Bande stiehlt der Bevölkerung ihr Eigentum. Und Keiner wehrt sich dagegen. In ihrem Geschichtsstudium hat sie gelernt, wie das endet. Das jedenfalls, ist kein Fortschritt. Das ist Barbarei und krimineller Betrug. Im Laufe der Geschichte, sind die Untertanen mit ihren kriminellen Ausbeutern nicht zart umgegangen. Die Revolutionen brachten weniger Opfer als der Alltag in Unterdrückung. Dort fällt es nur nicht so auf. Ein grausamer Dauerzustand.

Die Sonne scheint. Irgendwie ist das Wetter auf dieser Seite der Alpen angenehmer. Es wird spürbar wärmer. Obwohl wir immer noch in den Alpen sind. Eins jedoch schockiert sie. Der Blick auf die Preise an den Tankstellen.

„Ich zahle hier fünf Euro für den Liter Diesel", schimpft sie im Selbstgespräch. Sie rechnet gerade die Maut mit dazu. „Ich muss Europa auf Landstraßen bereisen." Sie überlegt gerade, wie sie das am günstigsten kann. Vielleicht mit einem Fahrrad, Motorrad oder Roller? Eine schöne Vorstellung für den Arbeitsweg.

Gelika kommt an der Schwalbe an. Das Haus sieht außen recht angenehm aus. Innen, etwas verlebt. Aber recht traditionell. Eine alte Frau empfängt sie.

„Wir haben zusammen telefoniert. Sie haben einen hübschen Mann."

„Ich habe nur wenig von ihm. Wir sehen uns zu selten."

„Bei mir ist er relativ oft."

„Dann hätten wir die Möglichkeit, uns öfter zu sehen."

„Das wünsche ich ihnen sehr. Sie sind sehr schön. Viel zu schade, um allein zu sein."

„Sind sie die Chefin?"

„Ich war es mal. Jetzt ist das meine Tochter und mein Schwiegersohn."

„Ich habe zwei Chefs?"

„Nicht ganz. Meine Tochter arbeitet. Sie ist Sängerin in einer Tanzkapelle. Sie ist selten zu Hause. Die Kapelle spielt in ganz Europa."

„Können sie mir zeigen, was ich zu putzen habe?"

„Ich zeige ihnen zuerst ihr Zimmer. Ich bin Waltraut."

„Gelika."

„Ein hübscher Name."

Sie gehen zusammen die Steige hinauf. Bis
unters Dach. Die Tür knarrt etwas.
„Ihr Zimmer."
Gelika gefällt das Zimmer. Es scheint einhundert
Jahre alt zu sein.
„Das war mal eines unserer beliebtesten
Fremdenzimmer. Hier haben viele berühmte
Leute geschlafen. Ruhe dich erst Mal etwas aus.
Ich bereite dir etwas zu Essen."
Die Herzlichkeit der Oma gefällt Gelika. Sie muss
an ihre Eltern und Großeltern denken. Die sind
leider zu zeitig von uns gegangen.
Gelika sucht einen Fernseher. Hier ist keiner. Sie
wird wohl mit dem Computer, Fernsehen
schauen müssen. Das nimmt sie sich für den
Abend vor. Jetzt räumt sie ihre Sachen in den
Schrank. Danach legt sie sich ins Bett. Das ist
etwas durch gelegen. Aber sie stört sich nicht
daran. Das Zimmer wirkt gemütlich. Wie zu
Hause. Die Dielen geben ein gemütliches
Knarren von sich. Die Leute in den
Nebenzimmern, können hören, wenn Jemand da
ist. Sie fühlt sich geborgen.
Ein Lastwagengeräusch weckt sie. Sie hört
Stimmen. Auch die Treppe. Im Flur wird es etwas
lauter. Ihr kommt es vor, als würde sie
Slowakisch hören. Die Stimme ist ihr fremd. Sie

öffnet die Tür nicht. Kurz darauf klopft es an ihrer Tür. Waltraut ruft: Essen. Sie wartet bis Gelika die Tür öffnet. Beide gehen gemeinsam die Treppe hinunter. Gelika hört die Tür auf ihrem Flur und Schritte, die ihnen folgen. Waltraut hat Speck aufgeschnitten, Käse und ein frisches Brot aufgelegt. Es duftet im Raum. Der Fahrer des LKW kommt herein. Er grüßt freundlich. Er ist zwei Mal größer und Dicker als Slavo. Er hat genug Reserven für große Touren. Gelika muss etwas lachen bei dem Anblick. Der Fahrer lacht zurück. „Ivan", stellt er sich vor. Gelika freut sich, einen Landsmann zu treffen. Er scheint recht ausgelöst und mitteilsam zu sein. Beim Essen fragt sie Ivan, ob er Slavo kennt. „Nein. Für Wen fährt er?"

Gelika nennt Goran. Goran kennt er.

„Ein gutes Fuhrgeschäft. Guter Lohn."

Offensichtlich hat Slavos Chef einen guten Ruf. Etwas Neid hört sie bei Ivan heraus. Er redet nicht darüber.

„Was machst du hier", fragt er.

„Ich suche Arbeit als Wirtschaftshilfe."

„Hier gibt es viel Arbeit. Schwere Arbeit wird aber nicht gut bezahlt hier. Und du musst sechs Tage arbeiten."

Gelika bemerkt das gerade. Ganz Europa tut so, als wäre die Fünf-Tage-Woche Gesetz. Mit einem Mal steht sie vor einer Sechs-Tage-Woche. Sie schüttelt mit dem Kopf. Gesetze scheinen hier wenig zu gelten. Sie will sich das genau ansehen. Vielleicht gibt es mehr Geld dafür. Das kann sie doch gebrauchen. Deswegen ist sie hier.

Sie sitzen recht lange bei Waltraut. Die erzählt tolle Geschichten von hier. Gelika glaubt nur die Hälfte. Sie denkt, die Geschichten sind erfunden. Die klingen etwas weltfremd. Fast, wie aus dem vorletzten Jahrhundert. Trotzdem bewundert sie Waltraut. Weil sie die Geschichten recht demütig vorträgt. Als hätte das jemand Fremdes so gewollt. Ihr Leben. Fast die gleichen Geschichten erzählten ihre Großeltern. So weit, scheint das nicht auseinander zu liegen. Die Slowakei und Südtirol. Sie entdeckt Gemeinsamkeiten. Ivan auch. Er nickt oft mit dem Kopf und findet zustimmende Worte. Ivan kommt hier das vierte Jahr her. Er kennt das Haus. Er hat auch oft etwas repariert hier. Vor allem, wenn Waltraut allein war. Waltraut sagt lächelnd, er wäre bereits Hauseigentum. Hauptaktionär, fügt sie an. Bedauernd gibt sie zu, es gäbe nicht mehr all zu viele kleine Pensionen wie die hier.

„Alle wollen größer werden", bedauert sie. „Die Gemütlichkeit ist vergangen."

Die Tür öffnet sich. Ein Mann mittleren Alters betritt den Raum. Waltraut springt förmlich auf. „Das ist der Chef", ruft sie zu Gelika. "Hannes, mein Sohn." Sie schaut nach Oben auf seinen Gesichtsausdruck. Der ist etwas besorgt. Verdeckt. Auf dem zweiten Blick. Mit den Augen fragt Waltraut, was los ist. Hannes antwortet mit den Augen. Gelika mischt sich nicht in das optische Gespräch ein. Ivan auch nicht. Er scheint das zu kennen.

„Er hat ein Sportgeschäft in der Stadt", sagt Waltraut ganz stolz.

Ivan kennt das. Er hat für seine Kinder dort eingekauft. Mit Rabatt.

„Ein guter Laden", sagt er zu Gelika. Die hört interessiert zu. Sie kann nicht mitreden.

Hannes bricht das einseitige Schweigen. Wo Gelika her kommt. Wie sie ausgerechnet hier her kommt. Im Unterton fragt er sie, was sie erlebt hat. Gelika berichtet von einem Teil ihrer Erlebnisse. Sie will erst erfahren, wie die wirken auf ihre Zuhörer. Als sie von Slavo erzählt, hat sie die Aufmerksamkeit von Hannes gewonnen. Bis dahin, schien Hannes nur nebenbei zu zuhören. Gelika kann die Reaktionen schwer einschätzen.

Sie hat etwas Angst davor, falsch zu reagieren. Ivan wirkt dagegen bedeutend forscher. Er spricht aus, was er denkt. Damit steckt er Hannes etwas an. Gelika freut sich. Die Runde wird lockerer.

Hannes lädt Gelika in sein Geschäft ein. Sie könnte bei ihm auch etwas Putzen. Für Lohn. Betont er. Gelika traut sich nicht, Forderungen zu stellen. Sie sieht das als Lehre. Als Eingewöhnung.

Der gemütliche Abend ist schnell vorüber. Keiner vermisst den Fernseher. Gelika auch nicht. Wenn das jeden Abend so läuft, vermisst sie das Gerät sicher nie. Jeder erzählt von dem, was er am Tag erlebte. Am Fernseher tut das Keiner.

Die Zwei, Gelika und Ivan, gehen zusammen auf ihre Etage. Jeder in sein Zimmer. Ivan verabschiedet sich freundlich und küsst Gelika auf die Wange. „Ich grüße Slavo von dir, wenn ich ihn treffe oder auf Funk höre."

Kaum ist Gelika auf dem Zimmer, ruft sie Slavo an. Der ist mittlerweile schon in Bari. Sie erzählt ihm von den Erlebnissen, der Familie und von Ivan.

Am Morgen treffen sich Alle am Frühstückstisch. Waltraut hat den gerichtet. Hannes will Gelika gleich ins Geschäft mitnehmen. Sie soll ihr Auto stehen lassen. Richtig Recht, ist ihr das nicht. Obwohl sie dabei das Tanken sparen kann.

„Die Reinigungsutensilien habe ich alle bei mir im Geschäft", versichert Hannes.

Sie fahren los. Gelika ist von der Landschaft beeindruckt. Auch von dem Blick auf Brixen und das Eisacktal hinunter. Vom Gewerbegebiet Brixen ist sie genauso begeistert wie von der Stadt. Hannes hat extra den Weg durch die Stadt gewählt. Sonst umfährt er diese Strecke auf der Autobahn.

Das Sportgeschäft ist recht großräumig. Und nicht besonders sauber. Auch das Büro könnte etwas Ordnung gebrauchen.

„Für mich gibt es hier reichlich zu tun", sagt sie.

„Mein Reinigungskraft ist krank", erwidert Hannes. Die Erklärung bezweifelt Gelika innerlich. Die Unordnung ist zu alt dafür. Sie fragt sich, warum sie Hannes belügt. Er wirkte zu Hause bedeutend aufgeschlossener.

„Willst du einen Kaffee?"

„Gerne."

„Wie lange brauchst du für die Reinigung?"

„Oberflächlich, etwa zwei Stunden. Im Verkaufsraum. Gibt es noch mehr Räume?"

„Ja sicher."

Sie gehen zusammen in das Lager und ins Büro.

„Ist das Alles?"

„Die anderen Räume werden von einer Firma gereinigt."

„Den Laden reinigen die nicht mit?"

„Das wäre mir zu teuer. So gut läuft das Geschäft in den Zwischensaisons nicht."

Gelika merkt, hier ist nicht genug zu verdienen. Für ihr gemeinsames Anliegen mit Slavo. Sie macht sich trotzdem an die Reinigung des Geschäftes. Hannes zahlt sie bar aus. Schwarzarbeit.

„Eigentlich suche ich eine Stelle", gesteht sie.

„Am besten, du versuchst es in einem Hotel. Als Zimmermädchen."

Der Gedanke war Gelika auch schon gekommen.

„Können Sie mir so eine Stelle vermitteln?"

„Aber natürlich. Du kannst die auch in den Zeitungen und Anzeigen finden."

„Ich kenne mich hier aber nicht besonders aus."

„Wir haben hier verschiedene Arbeitsvermittler. Die können helfen. Wir fahren in der Mittagspause hin."

Hannes nimmt das Telefon zur Hand. Er ruft einen Vermittler an. Der freut sich. Zimmermädchen werden dringend gesucht. Er möchte Gelika kennen lernen. Der Termin ist jetzt vereinbart. Gelika bedankt sich bei Hannes.

Sie sieht ein, bei Hannes und Waltraut kann sie das Geld, das sie benötigt, nur schwer verdienen. Hannes hat ihr das etwas verschlüsselt, beigebracht. Er empfahl ihr größere Hotels, weil da die Stelle sicherer wäre. Die Konkurrenz unter den Kollegen wäre da aber auch etwas härter. Durch die Blume sagt ihr Hannes, die Erpressung mit Arbeitszeiten wäre dort das Hauptproblem. Gelika bedankt sich herzlich für diesen Rat. Sie überlegt jetzt, ob vielleicht ein kleineres Haus die bessere Wahl wäre. Ein übersichtliches Kollektiv. Weniger Konkurrenten, die leicht auch zu Feinden werden. Für Arbeit. Sie schüttelt mit dem Kopf. Kaum fassbar diese Zustände. Slavo hat es da wahrscheinlich etwas leichter. Denkt sie.

Zur Mittagspause fahren sie zu dem Vermittler. Hannes und der Vermittler kennen sich gut. Man grüßt sich mit dem Vornamen. Gelika schließt daraus, Hannes hat oft bei ihm nach Angestellten gesucht. Sie zweifelt etwas an der Krankheit der Angestellten. Es gibt wahrscheinlich andere Gründe für ihr Fernbleiben. Das ist aber nicht ihr Anliegen. Der Vermittler empfiehlt ihr ein größeres Haus. Zum Anlernen. In einem kleineren Haus wäre der Arbeitsbereich umfangreicher. Abgemacht. Sie soll morgen schon in einem großen Hotel vorsprechen.

In Sterzing. Sterzing will sie natürlich kennen lernen. Hannes zeigt ihr den Ort. Sie ist begeistert. Trotzdem haben sie noch ein ganzes Stück zu fahren. In das Tal. Das Tal bietet viel Traditionelles. Gelika ist begeistert. Ihre Augen werden immer größer. Hannes verspricht ihr keine Wunder. Aber immerhin, einen Platz zum Lernen. Jetzt stehen sie vor dem Prachtbau. Palais steht an dem Grundstück. Ein Familienhotel, wie scheint. Tom, der Chef, erwartet sie schon. Hannes hat mit ihm telefoniert. Sie haben die Ausbildung abgesprochen. Gelika hat nichts zu leiden. Sie bekommt nur etwas weniger Lohn. Darüber ist sie zwar traurig. Aber, in den Apfel muss sie beißen. Hannes hat ihr das so empfohlen. Einen Monat haben sie ausgemacht. Gelika akzeptiert. Hannes verabschiedet sich im Personalzimmer von Gelika. Im Zimmer schläft sie mit einer Kollegin. Ein Doppelzimmer. Die Kollegin ist eine Landsfrau. Reibereien befürchtet Gelika nicht. Tom auch nicht.

„In unserem Betrieb gibt es kaum Krach zwischen dem Personal. Wenn Etwas ist, komm zu mir. Wir klären das dann."

„Danke für den Rat."

„Ich zeige dir den Betrieb und deinen Arbeitsbereich. Zuerst wirst du sicher in der Wäscherei anfangen. Wir bekommen die Wäsche vom Wäschedienst. Aber wir waschen auch selbst. Wichtig ist die Wäscheverwaltung in unserer Wäschekammer."

Der Hinweis erscheint Gelika wichtig. Es geht wahrscheinlich um die Vollzähligkeit der Wäsche. Da scheint es Probleme zu geben. Sie fragt nicht genauer. Das werden ihr sicher die Kolleginnen erzählen.

Sie gehen in die Zimmer. Gelika staunt.

„Das ist ein Palast."

„Das ist eine Suite. Über einhundert Quadratmeter groß. Jedes Zimmermädchen hat zwei davon. Und zehn normale Zimmer."

„Wie viel Zeit habe ich zum Putzen?"

„Das ist dein Tagessoll."

Das ist eigentlich machbar, denkt sich Gelika. Sie ahnt noch nicht, was da Alles dran hängt.

„In der Wäscherei lädst du deinen Wagen am Vortag. Deine Kolleginnen erklären dir das genau."

„Habe ich sonst noch Etwas zu putzen?"

„Das Foyer, die Restaurants, die Flure und das Treppenhaus."

Jetzt wird das Ganze schon umfangreicher.

„Unsere Mädchen putzen auch die Zimmer ihrer Kollegen."

Gelika rechnet. Zuerst wird sicher das Haus und die Restaurants geputzt. In den Zimmern sind ja noch die Gäste. Danach die Zimmer.

Anschließend geht sie in die Wäscherei mit der Altwäsche. Klingt einfach. Wenn nichts dazwischen kommt.

„Was ist mit Überstunden?"

„Die muss ich genehmigen. Normal benötigen wir die nicht."

Nach einer lockeren Bummelei scheint das nicht zu klingen.

„Was ist mit dem Personalessen?"

„Wir haben feste Pausen. Das Personal bedient sich am Buffet."

„Das klingt gut. Und Getränke?"

„Kaffee und Alkohol muss bezahlt werden. Das Andere ist frei."

Tom lädt Gelika zum Kaffee ein. Beide setzen sich ins Foyer und beobachten ihre Gäste.

„Was verdiene ich?"

„Ich gebe dir ein Tausend und Dreihundert. Wenn du gut bist, eine Prämie."

Gelika ist zufrieden damit.

„Es gibt auch etwas Trinkgeld. Das musst du mit deinen Kollegen abrechnen. Deine Zimmerkollegin wartet bereits."

Eine junge Frau winkt zu ihr. Sie ist schön. Fast zu hübsch für den Beruf. Sie trägt einen kurzen Kittel und Leggins. Gelika denkt sich ihren Teil. Offensichtlich ist hier Brautschau angesagt. Sie kann nicht verstehen, wie Frauen in so einer Strumpfhose arbeiten können. Die Kollegin kommt und stellt sich vor. „Klara."

Gelika stellt sich auch vor. Sie gehen zusammen auf ihr Zimmer. Klara zeigt ihr den Schrank und ihr gemeinsames Bett. Sie liegt unten. Ein Etagenbett. Gelika probiert den Auf- und Abstieg zu ihrem Schlafplatz. Klara gibt bereitwillig Hilfestellung. Gelika bemerkt leicht intime Berührungen. Ihr ist das nicht besonders Recht. Noch nicht. Das könnte sich ändern, denkt sie sich. Sie protestiert erst Mal nicht. Klara lacht.

„Gut so?"

„Ja."

„Kommst du mit in die Wäscherei. Wir haben noch zu tun."

„Gerne."

In der Wäscherei arbeiten die anderen Kolleginnen. Sie sind schon neugierig, wer die Neue ist. Man stellt sich vor. Aus der direkten

Nachbarschaft von Gelika kommt keine Kollegin. Nicht mal aus der Nähe. Aber alle kennen ihren Wohnort. Ein Stausee ist in der Nähe.

Gleich als Erstes, lernt sie Wäsche bügeln und zusammen legen. Sie muss ihren Kolleginnen nicht gestehen, von dieser Arbeit keinen Schimmer zu haben. Die merken das sofort. Bei einer anderen Kollegin lernt sie die Wäschearten und das dazu gehörige Waschverfahren. Sie kann sich das gut merken. Schon nach kurzer Zeit, fällt ihr die Temperatur in der Wäscherei auf. Sie sieht es bei ihren Kolleginnen. Die sind alle recht dünn angezogen. Die meisten tragen Leggins.

„Dann können uns die Gäste ruhig unter den Kittel schauen", sagt Klara zu ihr. „Außerdem schützt uns das vor Krampfadern."

Gelika begreift. Die Arbeit zwingt sie zu der Wäsche. Leistungssport eben. Bei Sportlern hat sie diese Wäsche zuerst bemerkt.

Die Wäsche ist fertig. Alle kümmern sich jetzt um das Beladen ihres Servicewagens. Bei der Gelegenheit bekommt Gelika, ihren. Gefüllt. Sie zählt die Wäschestücke. Genau ihre Bettenzahl von den Zimmern.

„Wenn du Etwas vergisst, kannst du dir das nur mit sehr viel Zeitaufwand beschaffen", ermahnt sie Klara. „Das muss genau stimmen. Alle nehmen ein bis zwei Stück von jedem als Reserve mit."

Zu viel will Gelika nicht gleich am ersten Tag lernen. Das gibt einen Stau im Kopf und reichlich Durcheinander. Sie kennt das von den Prüfungen an der Uni. Davon bekam sie schwere Kopfschmerzen. Außerdem hat sie nur die Hälfte wirklich behalten im Kopf.

„Marende", ruft eine Kollegin. Der Service, ein Kellner, bringt den Kaffee und Kuchen vom Vortag. Der Personalkaffee schmeckt nicht berauschend. Die Pause ist Allen aber recht lieb. Einige Kolleginnen gehen Eine rauchen. Gelika hält sich an Klara und geht mit.

„Hast du Zigaretten von zu Hause mit? Hier sind die zu teuer."

„Nein. Aber Tabak. Wir bauen unseren Tabak selbst an."

Klara wird hellhörig.

„Wie – wir."

„Mein Mann und ich. Wir haben eine Alm."

„So richtig mit Tieren und so?"

„Aber natürlich. Das ist viel Arbeit. Die macht mich glücklich."

„Ich komme aus der Stadt. Dort habe ich als Verkäuferin gearbeitet. Der Lohn reichte nicht mal für die Miete."

Durch die Blume hat Klara zu verstehen gegeben, sie musste sich Geld zusätzlich verdienen. Gelika fragt nicht, wie. Sie ahnt es. Bei dem Aussehen. Die Abgeklärtheit von Klara, überzeugt Gelika zusätzlich.

Nach der kurzen Pause, gehen die Zwei wieder in die Wäscherei. Inzwischen ist die Temperatur des Raumes gewaltig angestiegen. Die große Mangel wird mit Gas beheizt. Die Luft im Raum wird dünner. Klara öffnet das Fenster.

„Eigentlich dürfen wir das Fenster nicht öffnen. Wegen der Insekten. Die machen Flecke auf der Wäsche."

„Die geraten wohl oft in die Bügelmaschine?"

„Genau das."

„Aber die Luft ist wirklich schlecht hier."

„Deswegen müssen wir ziemlich oft Raus gehen."

Nach der Arbeit sind sie fertig. Sie packen ihre Wagen. Zwei Garnituren extra.

„Früh musst du noch einmal zählen. Die Kolleginnen neigen etwas zur Selbstbedienung."

„Sie nehmen mir meine abgezählte Wäsche weg?"

„Ja. Wenn ihnen Etwas fehlt. Sie wollen nicht bis Nachmittag warten."

„Es gibt nicht genug Wäsche?"

„Ehrlich gesagt. Die ist wahrscheinlich genau auf die Bettenzahl abgestimmt."

„Also, sind zusätzliche Wechsel nicht gedeckt?"

„Es scheint so."

„Hat das schon mal Einer dem Chef gesagt?"

„Wir Alle. Ziemlich oft sogar."

„Ich sage das noch einmal im Büro."

„Dann bist du die Zehnte."

Offensichtlich scheint Keiner die Anliegen der Zimmermädchen wirklich zu registrieren.

„Wenn das Niemand registriert, lassen wir eben den Wechsel einmal ausfallen. Das werden dann die Gäste reklamieren."

„Du hast aber schnell gelernt. Unsere Gäste sind das nicht."

Klara hinterlässt bei Gelika sofort einen bleibenden Eindruck. Sie wirkt unbeteiligt. Fast schon – kalt.

„Hast du einen Freund?"

„Eigentlich nicht."

„Verheiratet bist du auch nicht?"

„Bleib mir fern mit Männern."

Gelika bemerkt eine gewisse Ablehnung gegenüber dem anderen Geschlecht. Sie fragt sich, welche Ursache das haben könnte.

Sie gehen gemeinsam auf ihr Zimmer. Jede beobachtet die Andere beim Duschen. Die Kosmetik des Anderen wird genau studiert.

„Von zu Hause hast du aber nichts mehr?", fragt Gelika.

„Ich komme selten nach Hause. Und das Letzte, was ich dort tue, ist Einkaufen."

Gelika fragt Klara, wie sie dann ihr Privatleben organisiert.

„Wie denn? Mit dem Finger."

Beide lachen. Gelika war die Antwort fast schon zu direkt. Klara scheint das kein Bisschen zu beeindrucken. Sie wirkt sehr direkt.

„Der Chef fährt uns gelegentlich mal aus. Mit seinem Auto. Zur Disco oder zum Einkaufen."

Gelika muss das nicht länger verfolgen. Sie ahnt, was Klara meint.

„Der wird das auch bei dir probieren."

„Bei mir hat er keine Chance. Es sei denn, er zahlt."

„Der Tipp ist nicht schlecht. Er zahlt. Den Eintritt. Die Getränke. Das Essen."

„Großzügig. Gehört die Disco oder das Restaurant zufällig einem Familienmitglied?"

„Wie kommst du darauf? Ja!"

„Bekommst du sonst noch Etwas?"

„Nein. Nur einen schönen Abend."

„Und du gibst ihm Etwas?"

„Natürlich."

„Also, kostenlos."

„Jetzt, wo du das sagst. Ich muss wahrscheinlich mehr verlangen."

„Wenigstens eine Prämie."

„Ich werde das mal überdenken."

„Du bist doch schön. Zu schade für kostenlosen Genuss."

Am kommenden Morgen zeigt ihr Klara die Zimmerordnung bei den Gästen. Und die hat es in sich. Von ordentlichen Zimmern bis zu Rumpelkammern, ist Alles dabei. Klara sagt, die scheinbar Gebildeten würden die schlimmsten Zimmer bewohnen. Das ist ihre Vermutung. Gelika kann das schon nach vier Zimmerbesuchen bestätigen. Offensichtlich halten die wenig von Ordnung. Von Hygiene gar nichts. Die Bäder sehen aus wie die Ställe ihrer Tiere. Selbst da, gewinnen die Tiere. Vor allem jene mit Nachwuchs. Gelika merkt als Erstes, in den Zimmern lernt sie die intimsten Dinge ihrer Gäste kennen. Wäre sie kriminell, könnte sie das sicher Gewinn bringend verwerten. Unter dem Kopfkissen liegt ein Geldschein.

„Das ist unser Trinkgeld", sagt Klara.

„Macht das Jeder so?"

„Nur die Saubersten. Die müssen sich nicht schämen."

Im nächsten Zimmer bemerkt Gelika schon das krasse Gegenteil. Das Bett ist nass. Es riecht nach Urin. Streng, nach Urin.

„Hier müssen wir Alles wechseln. Auch die Matratzen. Das melden wir an der Rezeption."

„Ist das eine Sonderreinigung?"

Diesen Hinweis hat sie schon recht oft gehört.

„Ja. Die Matratzen sind schwer. Auch schwer zu reinigen. Wir geben die unserer Wäscherei mit. Die Matratzen müssen desinfiziert werden."

„Wie oft kommt das vor?"

„Sehr oft. Das Schlimmste ist, es kostet unsere Zeit. Die zahlt dir Keiner."

„Wir verlieren in dem Zimmer fast eine Stunde."

„Bedanke dich bei den Undichten."

„Der Chef kassiert aber die Spezialreinigung?"

„Da bin ich mir sicher."

Im achten Zimmer kommt das Schlimmste, was Gelika bisher gesehen hat. Das Bett ist voller Blut.

„Die normale Spezialreinigung reicht hier nicht mehr.", sagt sie erschüttert.

„Nein. Sperma und Kacke ist auch dabei", lästert Klara.

„Gehe ich richtig der Annahme, wir haben hier Menschen zu Gast?"

„Das scheint zu menschlich zu sein. Wir haben das oft."

„Wäre es nicht besser, Gummilaken aufzulegen?"

„Bei Denen hier, sicher. Das ist nicht das erste Mal."

Gelika ist schwer enttäuscht. Sie nimmt immer mehr Abstand von den Gästen, für die sie arbeitet. Die Realität versetzt ihr einen harten Schlag.

„Die verleumden Bauern als dreckig. Nur, weil sie gelegentlich auf ihren Misthaufen pinkeln oder Kuhscheiße an den Hosen haben."

„Ja. Hier siehst du die wahren Dreckviecher". Gesteht Klara. „Ich traue mir nicht einmal, Denen die Hand zu geben. Das, was Bauern an der Hose tragen, tragen die in der Hose."

Klara erzählt noch mehr solcher Begebenheiten. Bis Gelika bettelt, sie möge damit aufhören. Ihr vergehe sonst der Appetit. Klara erzählt nur noch, wo sie diese Gäste getroffen hat.

„Die stand aufgetakelt, mit lackierten Pfoten, an der Rezeption. Sie wollte nur mit dem Chef sprechen. Unsere Kolleginnen hat die Links stehen lassen."

Irgend eine Wut scheint sich aufzubauen. Klara muss gebremst werden. Die restlichen Zimmer sind relativ schnell gereinigt. Zur Mittagspause fehlen ihnen noch zwei Zimmer.

Gehen wir jetzt Essen oder danach?", fragt Gelika.

„Wir müssen an der Rezeption fragen, wann die Gäste zurück kommen."

Mit dem Zimmertelefon ruft Klara an. Gelika sieht, das Zimmertelefon ist ihre Verbindung mit der Rezeption. Dann wissen die Kolleginnen auch gleich, wo sie sich befindet.

„Die Zimmergäste sind auf einer Ausfahrt nach Verona. Zum Konzert. Wir können ruhig Essen gehen."

Zum Essen treffen sie ihre Kollegen. Ein Kellner setzt sich zu ihnen.

„Gabor. Geht ihr heute Abend mit zur Disco?"

Gelika stellt sich vor. Gabor wirkt interessiert.

„Gelika ist verheiratet", sagt Klara.

Das klingt etwas eifersüchtig. Wie scheint, kennt Gabor – Klara. Gabor ist mit seinem Auto hier. Wie Gelika. Klara hat kein Auto. Die freut sich,

wenn sie eingeladen wird. Gabor scheint sie
öfters eingeladen zu haben. Das verraten ihre
Blicke. Karla hat zu gesagt. Gelika überlegt noch.
Nach dem Essen, putzen die Zwei noch die
letzten Zimmer. Kaum sind sie fertig, kommt
Jonka. Jonka ist die Gouvernante. Sie kommt aus
der Nähe des Wohnortes von Gelika. Sie freut
sich darüber. Trotzdem wirkt sie etwas
verschlossen.
„Die Zimmer sind soweit in Ordnung", sagt sie zu
den Zweien. „Du bist die Neue? Hier zur
Ausbildung?"
„Ja."
„Du wirst noch etwas an der Geschwindigkeit
arbeiten. Dann funktioniert das."
„Danke."
„Morgen putzen wir zusammen den Pool und
die Sauna. Da gehören auch Fitnessräume dazu."
„Muss ich da Etwas beachten?"
„Ja. Das ist mit speziellen Desinfektionsmitteln.
Das lernst du schnell."
Das Programm und der Ablauf gefallen Gelika.
Die Kolleginnen scheinen das mit der
Ausbildung recht ernst zu nehmen. Obwohl es
ihre Zeit kostet. Klara wird Gelika regelmäßig
informieren, wie die Kolleginnen über sie

denken. Im gemeinsamen Zimmer haben sie genug Zeit für Gespräche.

Das Zimmertelefon klingelt. Gelika soll zum Chef kommen. Sie geht nach Unten. Vor der Rezeption steht Hannes. Zusammen mit Tom. Vor ihnen stehen drei Tassen. Sie wollen Gelika zum Gespräch einladen. Am Tisch redet Tom zuerst. Hannes gibt Gelika ein Küsschen auf die Wange.

„Du bist gut. Sagen deine Kolleginnen. Willst du nicht bei uns bleiben?"

Hannes wirkt etwas begeistert. Gelika kann die Mine nicht richtig einordnen. Das macht aber Tom.

„Hannes hatte dich mir empfohlen. Ein guter Griff, denke ich."

„Ich würde schon gern hier bleiben. Meine Freundinnen arbeiten aber im Oberen Inntal. Die möchte ich gelegentlich auch treffen."

„Das kannst du auch bei uns."

„Mein Mann fährt dort häufig vorbei. Er ist Kraftfahrer und wir treffen uns sehr selten."

„Hannes hat mir das schon gesagt. Slavo ist recht oft bei ihm. Die Zeit können wir dir schon geben."

Das Gespräch scheint Gelika zu überzeugen.

Hannes gibt dazu recht überzeugende Augenzeichen.

„Was kann ich denn hier verdienen?"

„Wir geben dir einen eigenen Bereich. Dein Lohn wird anfangs ein Tausend - Vierhundert sein. Netto."

Gelika rechnet die Stunden. Bisher hat sie etwa acht Stunden pro Tag gearbeitet. Den Berichten Klaras zu Folge, arbeiten sie aber länger. Da wäre nur zur Ausbildung so gemütlich. Weil sie zu Zweit sind. Gelika rechnet kurz mit ihrem Handy nach. Sieben Euro – Netto, überzeugen sie nicht besonders. Trotzdem rechnet sie Kost und Logis mit ein. Und da scheint der Lohn recht gut zu sein. Sie willigt vorerst ein. Der Monat Ausbildung, ist noch nicht beendet. So weit im Voraus möchte sie nicht planen. Immerhin ist sie hier neu. Sie muss sich hier erst noch einleben. Hannes gratuliert ihr schon. Waltraut hat sie eingeladen. Deswegen ist er da. Angelika ist zu Hause für einen Tag. Es gibt ein Sonntagsessen und eine Überraschung.

Gelika kann nicht widerstehen. Tom zwinkert Hannes zu. Hannes lacht zurück.

„Zieh etwas Gutes an."

„Ich habe nur einen Trainingsanzug."

Alle lachen.

Gelika hat sich nicht für Ausgänge vorbereitet. Sie hatte das nicht vor.

„Ich kann gleich so mitfahren."

Gelika hätte vielleicht etwas Anderes anzuziehen. Sie will es aber nicht. Ob sie jetzt im Trainingsanzug oder in Jeans dort sitzt, wäre kein Unterschied in ihren Augen. Sie denkt, Hannes oder Waltraut sehen das ähnlich. So schlecht ist ihre Spekulation nicht. Hannes hat zwar keinen Trainingsanzug an. Aber der Fetzen, den er trägt, sieht nicht unbedingt besser aus. Das denkt sich Gelika und lächelt dabei etwas. Hannes wirkt aufgewühlt. Waltraut hat ihn geschickt. Er soll sich um Gelika kümmern. Beim Schalten greift er auf Gelikas Oberschenkel. Gelika lacht. Sie ist dort kitzlig. Hannes entschuldigt sich nicht. Er tut so, als wäre das gar nicht passiert. Er schaut auch nicht zu Gelika. Sein Blick bleibt auf der Straße. Ab Sterzing nutzt er die Autobahn. Am Abzweig Pustertal, geht es auf die Landstraße. Wie scheint, ist ihm dieser Weg lieber. Bis zur Schwalbe ist es nicht weit. Gelika hat den Eindruck, Waltraut wartet vor der Tür auf sie. Sie sieht einen Lastwagen in unmittelbarer Nähe. Kann das Slavo sein? Das wäre ein glücklicher Abschluss des Tages.

Beim Betreten der Pension, spürt sie bereits, es ist Slavo. Es gibt Tränen und Küsse. Waltraut weint mit. Sie kann sich an ähnliche Treffen mit ihrem Mann aus vergangenen Zeiten erinnern. Ivan ist auch wieder da.

Das Menü ist gerichtet. Angelika ist noch nicht am Tisch. Hannes will sie holen.

Beide kommen zusammen. Hannes hat sich umgezogen. Er möchte das Treffen als Fest würdigen. Im Anzug. Angelika tut es ihm gleich. Die Zwei sehen aus wie zu Ihrer Hochzeit. Festlich gekleidet. Der Kontrast zwingt Waltraut zum Lachen. Festkleid und Trainingsanzug.

Gelika stellt sich Angelika vor. Slavo auch. Zusammen mit Ivan.

Waltraut hat ein Schulternahtl geschmort. Vom Kalb. Es gibt Spätzle als Vorspeise. Sie möchte traditionelles Essen servieren. Das kommt gut an. Früher hat sie das in ihrem Restaurant serviert. Das Restaurant betreiben sie heute nicht mehr. Nur noch die Pension.

Hannes ruft schnell Tom an.

„Gelika kommt morgen erst gegen acht zur Arbeit."

Tom weiß Bescheid. Er hat das mit Hannes abgesprochen.

Gelika zieht sich mit Slavo zurück. In das Zimmer, in dem Gelika schon wohnt. Bisher musste sie das noch nicht aufgeben. Waltraut hat es ihm gezeigt.

Beide springen schneller aus der Wäsche als auf Arbeit. Gelika bewundert Slavo. Slavo – Gelika. Beide streicheln den Anderen. Die Liebesnacht wird lang und heftig.

Gelika wacht gegen vier Uhr auf. Slavo ist schon aufgewacht.

„Ich bekomme eine andere Tour. Eine feste."

Gelika befürchtet. Slavo lange nicht sehen zu können.

„Wo?"

„Ich bekomme die Tour Imst, Landeck, Reschen, Südtirol, Trento, Verona."

„Eine feste Tour?"

„Goran schenkt uns diese Tour zur Hochzeit. Er möchte uns die Möglichkeit geben, uns entsprechend einzurichten."

„Ich versuche, Tom, Waltraut, Angelika und Hannes zu fragen, ob sie uns helfen können."

„Das machen wir zum Frühstück."

Die Freude lässt Slavo noch einmal aufstehen. Gelika freut sich darüber. Die zärtliche Liebe dauert bis zum Morgen.

„Ich glaube, wir haben heute das zweite Mal geheiratet", flüstert Gelika in Slavos Ohr.
„Ich fühle mich wie aufgezogen."
„Fahre ja vorsichtig, du Glücklicher."
Gelika ahnt einfach nicht, wie gefährlich die Tour von Slavo ist. Das Pustertal gilt als Unfallschwerpunkt. Gerade auch für den Transitverkehr. Viele Kollegen von Slavo berichten von einem extrem hektischen Verkehr mit sehr gewagten Aktionen. Zu Saisonzeiten, kommen noch unendliche Staus dazu.
Am Frühstückstisch offenbaren sich Slavo und Gelika. Waltraut bekommt feuchte Augen. Angelika sagt, sie kennt mehrere Hoteliers in der Gegend. Sie könnte die mal fragen nach einem Arbeitsplatz. Sie rufen Tom an. Tom ist wenig überrascht.
„Ich habe dort Oben eine Hütte. Eine Jagdhütte. Die könnte einen Verwalter gebrauchen."
Hannes weiß das sogar. Er hat in dieser Hütte schon mehrmals übernachtet. Nicht allein. Das verschweigt er aber am Tisch.
„Tom hat oben am Reschen eine Hütte. Für die benötigt er einen Verwalter."
Als Slavo das hört. Bricht er fast in Tränen aus.
„Können wir das tun?"

Gelika bekommt schon Gänsehaut. Tom hat die Frage am Telefon verstanden.

„Das wäre mir lieb. Dort Oben wird recht viel eingebrochen. In bewachten Hütten nicht."

„Gut. Wir machen das."

Alle freuen sich. Angelika ist noch am Telefon.

„Vielleicht habe ich Etwas. Ich melde mich dann bei euch."

Der Umzug geht schneller als geplant. Tom hat sich in sein Auto gesetzt. In einer halben Stunde steht er schon in der Schwalbe.

„Ich bringe dir den Schlüssel. Hannes zeigt dir den Weg."

Und schon ist er wieder weg. Es ist Abreisetag. Er muss sich von vielen Hausgästen persönlich verabschieden.

Slavo fährt los. Der Abschied soll nicht all zu lange dauern. Schon in den kommenden drei Tagen wird er die neue Tour übernehmen. Alle freuen sich. Waltraut und die anderen Familienmitglieder versprechen, die Beiden zu besuchen.

Hannes verabschiedet sich mit Gelika. Beide fahren los in Richtung Reschen. Hannes verschaltet sich schon wieder. Dieses Mal schaut er Gelika an. Aber Gelika folgt der Straße. Sie lässt sich nicht stören. „Vorsicht!", ruft sie.

Hannes hat seine Hand blitzartig an den Lenker gelegt. Hannes spürt, Gelika mag das nicht.

„Wenn ich ehrlich sein soll. Angelika und ich – wir haben keinen Sex mehr. Das bringt mich etwas in Not."

„Ich habe das schon gemerkt. Mit der Hand kann ich etwas helfen. Ich bin dir auch zu Dank verpflichtet."

Hannes ist ziemlich überrascht von dem direkten Angebot. Er streichelt mit einer Hand Gelikas Kopf. Er streichelt auch etwas den Nacken Gelikas.

Gelika staunt etwas. Ihre Fahrt zum Reschen ist in Südtirol zu der Zeit, eine ziemliche Anstrengung. Allein der Verkehr in Bozen Süd schockiert sie. „Ist hier immer so viel Betrieb?"

„Nein. Nur zu den Werkszeiten."

„Wie weit ist es noch bis zum Reschen?"

„Etwa hundert Kilometer."

„Können wir eine kleine Rast einlegen?"

„Gerne."

Nach der Rast, fahren die Zwei auf der MEBO nach Algund. Gelika ist von der Landschaft beeindruckt.

„Hier ist es so schön wie bei uns zu Hause."

„Das muss ich mir auch mal ansehen."

„Gerne. Wenn wir fertig sind, kannst du gern bei uns vorbei kommen."

„Ihr baut wohl noch?"

„Nein. Wir müssen nur für unsere Tiere sparen. Wir haben die Genossenschaft verlassen. Die bezahlen nicht genug für unsere Erzeugnisse."

„Das ist nur vorübergehend. Bei uns war das auch so."

„Ja. Aber wir haben dann die Wahl."

„Das wird ein schwerer Weg."

Nach zwei Stunden sind sie am Reschensee angekommen.

„Wir müssen auf die andere Seite."

Die Straße wird erheblich schmaler. Sie ist kaum noch befestigt.

„Wir sind da."

Das Panorama ist überwältigend.

„Im Winter ist hier reichlich Betrieb. Im Hochsommer auch."

„Aber Slavo kommt hier mit dem LKW nicht hin."

„Schon. Ein paar Meter von hier sind Parkplätze."

„Dann ist es sehr gut hier."

Hannes schließt die Tür auf. Es riecht noch etwas muffig. Gelika öffnet alle Fenster und Türen. Die Luft wirkt fast berauschend.

„Hier gefällt es mir."

„Wir schauen mal, ob du hier heizen kannst. Um die Jahreszeit kann es hier nachts ziemlich frisch werden."

Holz ist genug eingelagert.

„Deine Nachbarn werden dir helfen, wenn du Sorgen hast."

Fernseher ist keiner in der Hütte. Gelika hat ihren Laptop. Mit dem hat sie auch Filme und Musik. Das Handy hilft auch. Der Strom ist aktiviert. Licht brennt. Eine elektrische Heizung steht im Zimmer. Die Küche ist zwar klein. Es fehlt nichts Gelika ist zufrieden.

„Das gefällt mir. Hier bleibe ich."

„Manchmal wird Tom mit seinen Freunden kommen. Dafür habt ihr noch extra Zimmer. Die sind im Nebengelass. Wir kommen sicher auch gelegentlich zu Besuch. Vor allem, wenn du allein bist."

Die Anspielung hat Gelika gleich begriffen.

„Wo soll ich mich vorstellen? Hat Angelika schon einen Betrieb gefunden?"

„Sie wird dich anrufen. Oder ich."

Gelika geht ins Bad. Eine Dusche steht neben der Toilette. Mehr braucht sie nicht. Der Spiegel ist in die Wand eingelassen. Die Wand ist später eingebaut worden. Hinter dem Spiegel ist ein recht brauchbarer Schrank verborgen.

„Soll ich die erste Nacht mit hier bleiben?"
„Lieber nicht. Das gibt bestimmt Gerede bei
euch zu Hause. Aber die versprochene Hilfe
kann ich dir geben."
Gelika zieht sich bis auf die Unterwäsche aus.
Das zeigt Wirkung in der Hose Hose von Hannes.
„Dein Handsex. Mehr gibt es nicht von mir. Ich
bin verheiratet."
Hannes setzt sich hin und Gelika tut das
Versprochene. Sie bekommt ein Küsschen dafür.
Den Transport hat sie sich gespart damit.
Hannes verlangt kein Geld mehr. Er
verabschiedet sich. Sein Geschäft wartet, hat er
gesagt.
Gelika muss sich jetzt einrichten. Sie ruft Slavo
an und schickt ihm per Handy ein paar Fotos.
Slavo ist überglücklich.
„Das kostet keine Miete?"
„Gelegentlich mal einen Handschlag."
Slavo versteht, was damit gemeint ist.
„Versuche bitte, nicht mehr zu bieten."
„Versprochen."
Beide geben sich akustische Küsschen.
„Bis morgen Abend. Da komme ich das erste Mal
zu dir."

„Du kannst uns ein paar Sachen mitbringen.
Etwas Bettwäsche, Handtücher und so. Du weißt
ja, was wir brauchen."
„Brauchst du auch etwas Geschirr?"
„Wenig bitte. Bring eine Induktionsplatte mit.
Zum Kochen."
Slavo schreibt sich die Wünsche auf.
„Kannst du das abholen?"
„Ja. Wir holen heute mein Auto."
„Ich rufe dich an, wenn ich komme."
Gelika muss ihr Auto selbst nicht holen. Hannes
hat gesagt, er bringt es zusammen mit Tom.
Gelika bereitet sich schon auf den Empfang vor.
Die Duschzelle ist mit einem Heizelement
versehen. Gelika findet das günstig. Es wird nur
das Wasser geheizt, das sie auch warm benötigt.
Angelika ruft an.
„Ich habe einen Job für dich. Gleich in der Nähe.
Das Hotel ist nicht zu groß."
„Danke."
„Den Termin habe ich gleich fest gemacht.
Morgen – gegen Mittag. In St.-Valentin."
„Oh, das ist ja gleich hier in der Nähe."
„Das hatte ich ja versprochen."
„Danke vielmals, Angelika. Kommen sie mich
auch besuchen heute?"

„Ja gerne. Ich fahre mit Hannes. Ich bringe etwas zu Essen mit."

Gelika freut sich. Ein Schäferstündchen mit Hannes und Tom ist da wohl ausgeschlossen.

„Bis dann."

Hannes ruft auch noch mal an. Er bestätigt gerade den Besuch von Angelika.

Gelika bringt jetzt Ordnung in ihre Hütte. Sie findet dabei einige Utensilien, die auf wilde Nächte hinweisen. Unterwäsche, diverses Spielzeug und Schutzausrüstungen. Sie entsorgt das in der Tonne an der Hütte. Mülltrennung scheint ihr nicht angebracht bei diesen Artikeln. Das werden sich die Interessenten auf dem Sortierband selbst heraus suchen.

Bevor Hannes kommt, möchte sie in ihrer neuen Umgebung kurz spazieren gehen. Vielleicht trifft sie Nachbarn. Denen möchte sie sich vorstellen. Sie hofft auf einen freundlichen Empfang. In der Nachbarschaft sind einige Güter. Auch ein paar Häuser oder Hütten. Sicher sind die teilweise unbewohnt. Sie geht die erste Erkundungstour an.

Das erste Anwesen ist eine Hütte wie ihre. Unbewohnt. Der zweite Nachbar ist ein Bauer. Einheimisch. Freundlich. Er grüßt gleich am Zaun, als er Gelika bemerkt.

„Ich möchte mich nur vorstellen. Ich bin ihre neue Nachbarin."

Bei dem Gespräch, sagt sie, in welcher Hütte sie zukünftig mit ihrem Mann wohnen wird. Der freundliche Herr war gleich am Abwinken. Sagte aber kein schlechtes Wort über den Besitzer.

„Er kommt manchmal zur Jagd hier her", ist wohl das Umfangreichste, was dem freundlichen Nachbarn entspringt. Gelika hat auch nicht mit mehr Auskünften gerechnet. Nicht beim ersten Kontakt. Vielleicht erfährt sie morgen mehr. Immerhin spekuliert sie auf Kollegen aus dem Ort.

Der Blick über den See reicht Gelika. Sie ist fast der Meinung, in dieser Umgebung nie wirklich einen Urlaub zu benötigen. Urlaub vor der Haustür. Besser kann sie sich das nicht wünschen. Etwas Heimweh befällt sie. Was ist mit unserer Hütte? Wie geht es dem Vieh? Ich muss unbedingt anrufen, nimmt sie sich vor. Kaum ist sie wieder zu Hause, hört sie ihr Auto vor der Tür. Hannes ist da. Mit Tom. Angelika kommt aus dem Auto. Sie trägt ein Blumengebinde im Arm. Tom eine Kühltasche. Hannes trägt ein Paket.

Gelika begrüßt ihre Gäste. Sie gehen in die Hütte. Tom steht mit offenem Mund im Zimmer.

„Schön her gerichtet."
Es duftet tatsächlich nach Zirbel und Lärche.
Gelika duftet auch. Nach Rosen. Das scheint gut
zur Zirbel zu passen. Angelika wird sofort
freundlicher. Ihre Wimperntusche ist etwas
ausgelaufen. Freudentränen. Sie freut sich
tatsächlich über das einfache, schöne Leben. Ihr
fehlt das.
„Tom hat Spanferkel kochen lassen", sagt
Hannes. Tom sagt bisher keinen Ton. Er ist
sprachlos. Heimlich wünscht er sich so eine Frau.
Bisher hat er noch keine. Er gibt den Hallodri. Alt
genug wäre er, endlich zu Heiraten. Er sucht
gründlich. Seine Freundinnen, suchen auch
gründlich. Das Erbe will geschützt sein. Es darf
nicht in falsche Hände geraten.
Überwachungsdruck.
Seine Mama ist nicht mit gekommen. Sie führt
sein Hotel. Heute. Gelika gibt sich erleichtert.
Die Temperatur ließe zu, Draußen zu essen. Der
Berg ist aber die Schattenseite des Sees. Abends
wird es blitzartig kühl. Alle wollen Drinnen
essen. Im Wohnzimmer, dem einzigen Zimmer.
Hannes packt das Paket aus. Ein kleiner
Fernseher ist dabei. Eigentlich wäre das nicht
nötig. Hannes hat den noch übrig. Der stand mal
in einem Gästezimmer bei ihnen. Er macht sich

sofort daran, das Ding anzuschließen. Ein Bild erscheint. Er freut sich.

Tom packt das Spanferkel aus. Die Keulen, besser gesagt. Das ganze Ferkel wäre zu viel. Gelika hat bisher keine Lagermöglichkeit.

„Die Kühltasche lasse ich da", ist das Zweite, was Tom sagt. „Draußen im Schober ist ein Grill."

Tom geht sofort, den Grill holen. Er muss nicht lange suchen. Der Grill ist nicht notwendig. Gelika wärmt die Keulen im Ofen. Sie hat etwas geheizt. Der alte Ofen hat ein praktisches Rohr. Sogar einen Wasserbehälter. Dort kocht bereits das Wasser. „Kaffee habe ich keinen. Aber Tee. Pfefferminztee. Den habe ich gerade gefunden." Hannes schlägt sich an die Stirn. „Das habe ich vergessen."

Der Besuch wird, Dank des Erscheinens von Angelika, ein recht unterhaltsamer. Angelika gibt tatsächlich einige Lieder zum Besten. Hannes und Tom singen mit. Südtiroler Volkskunst. Die Lieder kennen die Zwei. Beim Refrain wird Gelika dazu animiert, mit zu singen. Hannes bedauert, seine Ziehharmonika nicht mit gebracht zu haben. Das nächste Mal will er es nicht vergessen.

Am frühen Abend verabschieden sich die Gäste und Gönner. Alle küssen Gelika. Angelika flüstert ihr ins Ohr, sie solle sich vor Hannes in Acht nehmen. Auch vor Tom. Beide wären hinter den Weiberröcken her. Gelika flüstert zurück, sie könnte das aber leicht ändern. Angelika wird etwas rot. „Stimmt. Leider habe ich zu wenig Zeit mit meiner Familie."

Laut antwortet Gelika. „Das ist wie bei Slavo und mir. Wir hoffen, das jetzt ändern zu können."

„Ich ernähre unsere Familie mit meinem Gesang. Ich hoffe, noch einige Jahre so singen zu dürfen."

„Aber die Familie wird Etwas darunter leiden."

„Das ist unser Preis dafür."

„Du bist doch eine schöne Frau. Gibt es da keine Komplikationen?"

„Darüber kann ich nicht sprechen."

„Das wäre aber angebracht. Ihr braucht ein Arrangement."

„Das haben wir auch so."

Jetzt weiß Gelika Bescheid. Hannes darf, was er tut. Tom sucht eine Frau. Damit ist ja Alles im normalen Bereich. Das erklärt Gelika auch das Gehabe der Beiden. Hannes wird sie bei Bedarf etwas helfen können. Im Rahmen. Handarbeit. Hannes ist ihr sympathisch. Sie liebt ihn aber nicht. Jetzt, nachdem sie Angelika kennt, gleich recht nicht. Hinter der harten Schale verbirgt sich ein weiches Herz. Sie vermutet schon auch Seitensprünge bei Angelika. Die Familie scheint die gleichen Opfer zu bringen, wie sie und Slavo.

„Redet ihr darüber?"

„Alles kann ich ihm nicht erzählen", gesteht Angelika.

„Ich erzähle Slavo seit dem ersten Tag, Alles."

„Du bist beneidenswert. Ich hoffe, wir lernen Slavo mal kennen."

„Wenn wir mit unserer Alm fertig sind, laden wir euch ein."

„Ich wünsche euch viel Glück bei eurem Vorhaben."

„Danke."

Angelika küsst Gelika innigst. Die Tusche läuft wieder. Gelika tupft sie ihr vorsichtig ab.

Tom kommt zum Abschied.

„Wenn ich gewusst hätte, wie lieb du bist. Ich hätte dich geheiratet." Tom greift Gelika bei dieser Rede etwas auf den Hintern.

„Du misst wohl schon?"

Tom wird rot. Gelika hat das nicht besonders leise gesagt. Hannes und Angelika lachen bereits.

„Tom wird rot", lacht Hannes. „Bei deiner Auswahl."

Die Drei müssen über den Kommentar lachen.

„Ihr könnt ja gerne zum Skifahren kommen."
Gelika ahmt das Abstoßen mit den Stöcken
nach. Angelika applaudiert. „Original
Reschenseelauf."
Hannes hupt bei der Abfahrt der Drei. Die
Nachbarn werden sicher aus dem Fenster
schauen.
Nach dem Aufräumen, ruft Gelika - Slavo an und
berichtet. Slavo freut sich mit ihr. Bei ihm im
Autoradio läuft gerade ihr gemeinsames
Lieblingslied. Zu dem haben sie zusammen
getanzt. Slavo sagt, es wären ihre
Hochzeitslieder. Gelika sieht das auch so.
Aerosmith. „I Don't Want to miss a Thing" und
„Cryin". Gelika bekommt Tränen in den Augen.
Hoffentlich ist die Trennung bald zu Ende.
„Living on the Edge" läuft gerade im
Hintergrund. Slavo verspricht, Gelika die
gemeinsamen Lieblingslieder mit zu bringen.
Zum vorläufigen Abschied legt Slavo noch Prince
auf. „Purple Rain".
„Komm ja gesund an!", ruft Gelika.
„Ich bin schon in deiner Nähe."
Gelika geht zeitig zu Bett. Sie möchte morgen
frisch aussehen bei ihrer Vorstellung.
Der Morgen beschert ihr ein einzigartiges
Panorama. Sie vergleicht es mit dem Blick aus

Slavos Hütte zu Hause. Sie spürt, der Blick gibt ihr neue Kraft.

Zunächst ruft Gelika an. Die Chefin vom Hotel Surfsegel nimmt ab. Sie rechnet gerade ab in der Rezeption. Dabei ist sie etwas abgelenkt. Das spürt Gelika.

„Ich rufe auf Empfehlung an."

„Ja?"

„Angelika hat sie mir empfohlen."

„Angelika?"

„Die Frau von Hannes."

„Aah. Ich weiß Bescheid."

„Ich komme dann mal vorbei."

„Am besten, gleich. Ich muss dann Einkaufen."

Gelika wäscht sich schnell. Sprüht sich ein. Mit Rosenduft von zu Hause. Das Auto springt gleich an. In zehn Minuten ist sie da. Ihre Straße führt direkt bis zum Hotel. Sie muss nur über eine Ampelkreuzung. In dem Moment fährt Slavo mit seinem LKW vorbei. Sie hupt und Slavo bemerkt das sofort. Er hat gesucht, wo er abbiegen kann. Vorerst fährt er weiter. Es gibt keinen Platz zum Anhalten. Die Fahrer hinter ihm hupen hektisch. Slavo kann das nicht begreifen. Die sind doch im Urlaub. Denkt er. Dazu der herrliche Ausblick über das Vinschgau und den Ortler. Die spinnen, denkt er sich.

Gelika fährt derweil zum Hotel - Surfsegel.
Der Reschensee ist bekannt für seine Surfer.
Hier finden oft Meisterschaften statt.
Slavo hat einen Platz für seinen LKW gefunden.
Am Ortsausgang. Er steigt aus und folgt Gelika
ins Surfsegel. Vor dem Hotel ist eine kleine
Cafeteria. Dort setzt er sich nieder und wartet.
Er ist nicht allein. Ein paar Motorradfahrer sitzen
am Nachbartisch.
Gelika steht bereits an der Rezeption. Sie wird
von einer Landsfrau begrüßt. Anjeschka. Sie
sieht recht zierlich aus. Der Name passt zu ihr.
Anjeschka ruft die Chefin. Mit dem Haustelefon.
Die Chefin sitzt drei Meter hinter der Rezeption.
In ihrem Büro. Die Tür ist verschlossen. Es
dauert etwas, bis sich die Tür öffnet.
„Guten Morgen", sagt die Chefin. Gelika stellt
sich vor. Die Chefin auch. Maria. Maria duzt
Gelika gleich. Gelika hält sich noch etwas zurück
damit.
„Sie suchen eine tutto fare. Wir haben gerade
telefoniert. Ich wurde von Tom und Hannes
ausgebildet."
Die zwei Hotels kennt Maria.
„Dann bist du hier richtig."
„Ich habe es nicht weit. Ich wohne in der Hütte
von Tom."

„Das freut mich außerordentlich. Ich zeige dir den Betrieb."

Natürlich zeigt Maria, Gelika zuerst die Wäscherei. Gelika würde gleich wieder umkehren. Ein stickiger, heißer Ort. Die Fenster sind schmale Kellerfenster. Sie käme ohne Steighilfe gar nicht ran, um die zu öffnen.

„Warum sind die Fenster geschlossen?"

„Das nichts auf die Wäsche fällt."

Maria hat schon Recht. Auf der Alm läuft gerade der erste Schnitt. Der Staub der Blüten und des Heus, würde die Wäsche verschmutzen.

„Ihr seid Zwei in der Wäscherei und in den Zimmern."

„Wie viel Zimmer haben wir denn zu putzen?"

„Etwa dreißig."

Der Betrieb ist ein Dreisterne Betrieb. Gelika kommt das realistisch vor. Zu viel Erfahrung hat sie noch nicht.

„Wir gehen in die Zimmer", sagt Maria.

Die Beiden gehen die relativ kurzen Flure entlang. Die Zimmer sind einfach eingerichtet, übersichtlich und schnell zu reinigen. Gleiches gilt für die Bäder. Gelika nickt.

„Das ist zu schaffen."

Maria scheint zufrieden zu sein.

„Was hast du denn in deinem letzten Betrieb verdient?"

„Bei Tom? Eintausend und Dreihundert. Dort war ich in Ausbildung."

Tom und Angelika haben Maria sicher nicht erzählt, wie lange sie bei Tom war. Hannes hat sie gelobt. Waltraut auch.

„Ich gebe dir die ersten zehn Tage diesen Lohn. Dann Zweihundert mehr."

Gelika ist einverstanden.

„Was wäre meine Arbeitszeit?"

„Ihr seid normal zwei Zimmermädchen. Eine Kollegin fängt recht früh an. Sie putzt unser Foyer, Toiletten und Speiseräume. Die zweite Kollegin beginnt etwas später. Gegen zehn Uhr. Die deckt mit ab."

„Die Wäscherei?"

„Wir waschen bei uns wenig. Wir bekommen Mietwäsche."

Das hört Gelika gern. Jetzt spielt auch die Lüftung kaum noch eine Rolle.

„Die zweite Kollegin ist zur Zeit krank. Du musst sie mit vertreten."

Das schlägt ein wie ein Hammer bei Gelika.

„Bekomme ich etwas mehr dafür?"

„Wir schauen."

Gelika ist die Aussage zu ungewiss.

„Vielleicht Dreihundert?"

„Du bekommst vier Hundert", sagt Jonas. Der kommt gerade vom Nebenzimmer herein. Er wirkt etwas verschlafen. Er hat Arbeitshosen an. Dazu ein blaues Schürzchen. Das Hemd ist oben noch offen. Ein etwas graues - ehemals weißes Unterhemd schaut heraus.

„Jonas. Ich bin der Chef."

Maria zuckt zusammen. Sie zieht sich still zurück an den Schreibtisch.

Gelika stellt sich Jonas auch vor.

„Bei unserem zweiten Zimmermädchen bin ich mir nicht sicher, ob sie wieder kommt."

Das wirkt wie ein Schock auf Gelika. So viele Zimmer. Allein. Mit Foyer, Sauna und Haus? Das wird schwierig. Das finanzielle Angebot überzeugt sie.

„Wenn du fertig bist, darfst du gehen. Auf das Abdecken verzichten wir vorerst."

Das klingt wie Musik in ihren Ohren. Keine zwei Wege und volles Programm.

„Gut. Ich mach das."

„Tee, Kaffee oder etwas Anderes?"

„Ein Kaffee würde mir jetzt gut tun."

Jonas geht zur Maschine und lässt einen Espresso heraus.

„Milch?"

„Gerne."

„Wann soll ich anfangen?"

„Morgen wäre uns recht."

„Mein Mann wartet vorne im Cafe."

„Bis morgen."

Gelika geht zu ihrem Slavo und berichtet. Slavo freut sich.

„Wir haben acht Stunden zusammen. Dann muss ich los fahren."

Slavo möchte recht zeitig durch das Vinschgau kommen. Er kennt die Verhältnisse da. Goran hat sie ihm geschildert.

Gelikas Telefon klingelt. Etela ist dran. Sie fragt Gelika nach dem Unterschied von Österreich und Südtirol. Sie fragt für eine neue Kollegin. Karinka. Karinka geht ans Telefon und stellt sich vor. Gelika antwortet ihr. Sie würde lieber in Österreich arbeiten. Obwohl es ihr hier irgendwie gefällt. Nach dem Plausch, reden die Zwei noch etwas über ihre Erfahrungen. Slavo lässt Etela grüßen. Das Gespräch ist beendet.

„Kennst du Etela schon lange", fragt Slavo.

„Vom Studium her. Etela ist sehr zeitig nach Österreich gegangen. Sie hat nicht gewartet wie ich."

Beide fahren nach dem Kaffee zu Slavos Lastwagen. Dort laden sie die Sachen um, die er mit gebracht hat.

„Auspacken tun wir zu Hause", verspricht Slavo und küsste seine Gelika. Gelika fährt. Sie möchte Slavo den Weg zeigen.

„Du fährst recht gut", gibt Slavo als Kompliment. Kaum sind sie in ihrer Hütte, staunt Slavo.

„Wie zu Hause."

Gelika steckt die Dusche an. Slavo packt inzwischen die Pakete aus. Er hat nichts vergessen. Bevor er zur Dusche geht, legt er ihre Musik ein. Gelika fängt schon an, von ihrem Wunsch zu träumen. Ein gemeinsames Heim zu Hause.

Die Liebesnacht ist sehr kurz. Beide haben sich viel zu erzählen. Sie freuen sich über die Einnahmen. Pläne werden geschmiedet. Sie rechen bereits die Preise für junge Schweine, Rinder und Schafe aus. Von ihrem Ziel sind sie nicht all zu weit entfernt.

„Die Saison und wir haben, was wir brauchen", sagt Slavo. Slavo hat Kaffee mitgebracht. Gelika bereitet ihn traditionell wie zu Hause. Türkisch. Beim Kaffeetrinken hören sie Radio. Internetradio. Die Grenzen sind geschlossen. Pandemie.

„Da kommen keine Gäste mehr", sagt Gelika.
„Die Einheimischen vielleicht. Warte ab."
„Wir können nicht nach Hause."
„Ich muss Goran anrufen, ob wir Fahrer davon
auch betroffen sind."
Slavo ruft an.
„Ich habe dir deinen Impfnachweis bereits auf
dein Handy geschickt. Wenn du im Stützpunkt
bist, bekommst du Sputnik."
„Kannst du das auch bei Gelika, meiner
Beifahrerin tun?"
„Geb mir die Handynummer."
„Können wir dann über die Grenzen?"
„Aber sicher. Du musst nicht mal geimpft sein."
„Ich rede mit Gelika. So kann Gelika wenigstens
nach Hause."
„Ich schicke den Nachweis zu Gelika."
Gelika freut sich. Slavo auch. Es scheint keine
Probleme zu geben. Sie bedanken sich bei
Goran.
Gelika fragt sich, was Etela jetzt tut. Sie ruft Etela
an. Etela erklärt ihr den Plan ihrer Chefs. Gelika
spitzt die Ohren.
„Die Hotels in Österreich schließen alle. Die
Kolleginnen kommen nicht nach Hause. Sie
wollen sich nicht impfen lassen. Wenn sie nach
Hause fahren, müssen sie in Quarantäne. Damit

würden sie für einen Besuch der Familie, zwei
Mal zwei Wochen in Quarantäne gesteckt."
Slavo sagt, damit könnten sie ihren Familien kein
Geld mehr schicken. „Wollen wir hoffen, bei uns
funktioniert das."
Beide trinken Kaffee und rätseln, was passiert.
„Die Reichen, welche nicht arbeiten oder die
Rentner, könnten trotzdem fahren. Auch mit
Quarantäne. Bei ihnen spielt Zeit ja keine Rolle."
Die beiden sehen Hoffnung. Vielleicht lässt
Maria offen.
„Die haben doch erst frisch gebaut", sagt Gelika.
Die Zwei küssen sich, als wäre es ein Abschied
für lange Zeit. Gelika fährt Slavo zu seinem
Laster. Sie winkt ihm sehr lange nach. Mit
feuchten Augen.
Maria erwartet Gelika schon. Nach der
Begrüßung, sagt sie Gelika, bei ihnen wären
kaum Abmeldungen zu spüren.
„Wir haben sehr viele italienische Gäste. Die
lassen sich bis jetzt nicht beeindrucken. Masken
kaufen sie massenhaft."
Es gibt Belehrungen über Hygiene. Gelika ist in
der Beziehung kaum geschult. Maria lernt ihr
das gerne. Sie mussten das schon ähnlich
beachten, weil sie auch Tiere haben. Gelika zeigt
schon Interesse. Sie möchte die Stallungen

gerne mal sehen. Darin sieht sie einen Ausweg, wenn alle Hotels geschlossen werden. Sie befürchtet eine Panik. Nicht bei den Menschen selbst. Bei den Beamten, die Alles blind befolgen möchten.

„Du hast heute das Foyer, die Sauna, sechs und zwanzig Zimmer. Benutze auch Desinfektion. Ich habe sie dir mit auf den Wagen gestellt."

Nach den ersten drei Zimmern bekommt Gelika - Routine. Vorerst putzt sie die Zimmer recht flüssig. Sie macht keine Extras, wie Kopfkissen und Bettdecken formen. Pro Zimmer benötigt sie etwa fünfzehn Minuten. Manche gehen schneller. Länger muss sie in keinem Zimmer arbeiten bis jetzt. Sie rechnet sich aus, wie lange sie braucht. Sie kommt auf etwa acht Stunden. Ohne Pausen. Bei Wetter oder einer stark benutzten Sauna, wird es eine Stunde mehr. Sie ist zufrieden. Das liegt im Rahmen. Vielleicht schafft sie zukünftig auch sechs Zimmer in einer Stunde. Aber dann kämen sicher noch zusätzliche Aufgaben auf sie zu. Sie dosiert ihre Geschwindigkeit.

Zum ersten Frühstück trifft sich die Familie. Jonas lädt Gelika ein, den Stall zu besuchen. Er hat Gelikas Interesse bemerkt. Gelika gefällt ihm auch. Wahrscheinlich will er Maria reizen.

Gelika fragt sich, ob die Zwei kinderlos sind. Das wird sich noch heraus stellen. Anjeschka wohnt mit im Haus. Ein einheimischer Koch ist zugegen. Auch ein einheimischer Kellner. Gelika fragt sich, ob das schon alle Kollegen sind in diesem Haus. Sicher nicht. Das Haus ist dafür zu groß.

„Gibt es noch mehr Kollegen?"

„Ja. Wir sind sechs Kollegen", antwortet Maria. „Wir arbeiten etwas zeitversetzt."

Sechs Kollegen, bei dreißig Zimmern? Das kommt Gelika ausreichend vor. Sie hat in der Branche kaum Erfahrung. Bei Tom waren es bedeutend mehr Zimmer und wesentlich mehr Gastronomie. Außerdem hatte Tom vier Sterne. Waltraut hat ihr erzählt, in Dreistern – Betrieben muss das Personal flexibler sein. Jetzt versteht das Gelika. Bei dem kleinen Kollektiv rechnet sie auch nicht mit Streit. Sie erwartet mehr Kollegialität.

Zu Mittag hat sie schon zwanzig Zimmer fertig. Maria lobt sie. Jonas auch. Jonas rechnet bereits vierzehn Uhr mit ihrem Feierabend.

„Um Zwei kannst du mich mal im Stall besuchen."

Gelika freut sich. Das hat ihr bei Slavo am meisten gefallen. Der Kontakt mit den Tieren.

Kaum ist sie fertig, geht sie noch einmal bei Jonas vorbei. Der Stall und die Nebengebäude sind schon ein recht stattliches Anwesen. Gelika schätzt zwanzig Kühe. Graue. Ein paar Braun-Weiße sind dabei. Die geben etwas mehr und fettere Milch.

„Die Gleichen haben wir bei uns", sagt Gelika zu Jonas. Jonas staunt.

„Wie lange hast du mit den Tieren gearbeitet?"

„Ich kenne Slavo erst seit Kurzem. Wir haben sofort geheiratet."

„Warum bist du gegangen?"

„Wir haben für unsere Milch keine zehn Cent bekommen. Davon können wir nicht leben."

„Wir bekommen fast das Dreifache. Das reicht trotzdem nicht."

„Wir wollen nicht reich werden. Wir wollen nur leben."

„Macht doch einen Biohof."

„So etwas Ähnliches schwebt uns auch vor. Wir müssen dafür nur die Jungtiere kaufen. Ein Teil unserer Herde ist Genossenschaftseigentum."

„Ihr müsst das etwas mischen. Ein Teil - Genossenschaft. Ein Teil – euer Vieh."

„Danke. Wenn ich helfen kann, sag mir Bescheid."

„Jetzt, mit der Pandemie, wird es schwer. Auch
für uns. Der Verkauf wird zurück gehen. Auch
der Preis für die Milch und andere Erzeugnisse."
„Komisch. Im Laden wir Alles teurer."
„Du weißt ja. Die falschen Leute verdienen."
Gelika wollte erst mit Karl Marx anfangen. Bei
Jonas hätte das sicher keinen Sinn. Obwohl er
ein sehr geduldiger Zuhörer ist. Gelika liebt sein
ruhiges Wesen. Maria ist das ganze Gegenteil.
Sie wirkt aufgedreht und hektisch. Maria ist ein
paar Jahre jünger als Jonas. Sie legt Wert auf ihr
Äußeres. Ihre Tracht betont besonders die
Brüste. Einige Hotelgäste scheinen den Anblick
zu lieben. Sie belagern regelmäßig die
Rezeption, wenn sich Maria dort befindet.
Jonas verabschiedet sich von Gelika. Gelika ist
etwas müde. Die Liebesnacht mit Slavo hat ihr
den Schlaf geraubt.
Sie geht zurück ins Hotel und will sich
verabschieden. Maria bittet sie ins Büro.
„Unsere Behörden fordern einen Impfnachweis."
„Ich bekomme meinen von Slavo. Er bringt ihn
mir mit."
„Wir können den Nachweis umgehen, wenn die
Behörden nichts von dir wissen."
„Was kann ich tun?"

„Parke dein Auto drüben an deiner Hütte. Auf Arbeit kommst du mit dem Fahrrad. Nimm eins von unseren."

„Das klingt logisch. Das werde ich tun. Ich muss dann auch nicht mehr tanken."

„Überall finden Kontrollen statt. Du darfst auch unseren Ort nicht verlassen."

„Wie kommen dann unsere Gäste hier her?"

„Arbeiter dürfen sich weiter frei bewegen. Die werden angeblich in den Betrieben getestet."

„Müsst ihr euch auch testen?"

„Täglich."

„Das ist doch sicher teuer."

„Mehr als das. Die machen Geschäfte damit."

„Und dazu, Erpressung."

„Anders würde das nicht funktionieren."

„Bis morgen. Danke. Ich versuche jetzt mal. Rad zu fahren."

„Jonas hat dir ein Rad fertig gemacht. Das geht gut."

„Bringt ihr mir das rüber?"

„Jonas hat es dir schon an die Hütte gebracht."

„Danke. Bis morgen."

„Wenn Kontrollen sind, rufen wir dich an. Steck bitte immer das Handy ein. Jonas gibt dir später noch einen Funk."

Gelika fährt nach Hause. Zum Glück trifft sie keine Kontrolle. Sie weiß aber nicht, ob im Ort über sie gesprochen wird. Darin sieht sie eine kleine Gefahr. Hoffentlich kommt Slavo bald mit dem Nachweis. Sie kontrolliert ihr Handy. Dort ist der Nachweis schon eingetragen. Von Goran. Sie ist Beifahrer. Sie ist glücklich darüber.

Ihr Fahrrad steht an der Hütte. Es sieht fast neu aus. Sie stellt es in den Schober. Das Auto auch. In der Hütte ist es schön warm. Gelika geht nach dem Duschen sofort zu Bett. Sie schaut noch einmal auf ihr Handy. Slavo kommt morgen Abend zur Rücktour. Er hat ein Foto von Verona angehangen. Auch von der Pension, bei der er übernachtet. Rein gegangen ist er nicht. Er schläft im Lastauto. Alle vier Stunden wird er kontrolliert. Viele Streifen sind unterwegs. Er fragt sich, ob die nicht miteinander reden. Eine Kontrolle würde doch vollständig reichen. „Langsam wird mir die Zunge rau von den vielen Kontrollen", hat er geschrieben.

Gelika ist sich bewusst; die Behörden sind völlig überfordert damit. Sie befürchtet nichts Gutes. Am Morgen probiert Gelika das Fahrrad. Sie ist noch etwas unsicher. Dabei ist es gar nicht so lange her, als sie regelmäßig mit dem Fahrrad fuhr. Es hieß, man könnte das nicht verlernen.

Ihr scheint, sie hat es verlernt. In der Nähe des Damms beherrscht sie das Rad. Ein knapper Kilometer als Lehre, scheint zu reichen. Auf der Straße ist reichlich Betrieb. Sie benötigt zwei Ampelphasen, um über die Kreuzung zu gelangen.

Vorm Hotel steht ein Auto der Carabinieri. Ein Zweites mit heimischer Nummer steht daneben. Nach dem Öffnen der Hoteltür bemerkt Gelika das Gedränge. Die Rezeption scheint belagert zu sein. Maria ist rot im Gesicht. Sie schwitzt. Jonas ist auch dabei. Anjeschka steht mit den Köchen etwas abseits. Sie gibt mit dem Kopf ein Zeichen. Gelika möchte gleich umdrehen und gehen. Die Carabinieri hindern sie daran. Auf Italienisch fragen sie freundlich, was sie hier möchte.

„Ich verstehe kein Italienisch."

„Was möchten sie hier?"

„Ich bin mit dem Rad unterwegs und wollte ein Hausprospekt holen für meinen Mann."

„Wo ist ihr Mann?"

„Mein Mann ist Kraftfahrer Er fährt die Tour zwischen Linz und Verona."

Als der Carabinieri Verona hört, scheint seine Brust etwas zu schwellen.

„Ah. Internationaler Frachtverkehr. Dann ist er ja geimpft."

„Ja sicher. Zu Hause im Betrieb wurde er geimpft."

„Und Sie?"

„Ich habe nur einen Test. Negativ."

„Können Sie mir den zeigen?"

Gelika holt das Handy und zeigt es dem Polizisten."

Das Zertifikat ist in Slowakisch. Der Carabinieri schaut in eine Tabelle.

„Gut. Morgen tragen sie bitte eine Maske."

Ein anderer Herr vor der Rezeption gibt Gelika zehn Stück. Sie muss unterschreiben. Ihr Ausweis wird fotokopiert.

„Wir wünschen einen schönen Tag."

Maria rollt mit den Augen nach Oben. Danach schaut sie zu Jonas. Jonas verlässt die Rezeption. Gelika folgt ihm nicht direkt. Sie geht Vorne raus. Alle Blicke folgen ihr. Kurz vor dem Ausgang steht ein Ständer mit Prospekten des Hotels. Gelika greift sich zwei.

„Wiedersehen."

Sie ist genau in eine Kontrolle geraten. Im Haus werden die Tests kontrolliert. Der Betrieb ist verpflichtet dazu. Die Tests werden regelmäßig abgeholt. Das übernehmen die Carabinieri mit. Hausgäste sieht Gelika keine. Die haben sich wahrscheinlich gleich verdrückt.

Kaum ist Gelika draußen, winkt Jonas.

„Wenn die weg sind, können wir wieder arbeiten. Gehen wir in den Schober. Dort habe ich Kaffee und Kuchen."

Gelika geht mit. Der Schober ist recht gut ausgestattet. Mit Dusche und einer kleinen Kochstelle. Die Köche vom Hotel liefern Jonas das Essen. Oder er holt es sich. Einige Behälter stehen da, die darauf schließen lassen.

„Ich habe oft Helfer hier. Die brauchen das", bemerkt er. Jonas hat den fragenden Blick Gelikas bemerkt.

Sie setzen sich an den Tisch. Jonas holt den Kaffee. Er hat wahrscheinlich Gelika hier erwartet. Drei Katzen gesellen sich zu Gelika. Die umstreichen ihre Beine.

„Das kitzelt", sagt Gelika lachend.

Die große Katze stößt mit ihrem Kopf immer an Gelikas Schienbein.

„Die Katzen mögen dich", sagt Jonas lachend.

„Ich auch."

Gelika ahnt, was er möchte. Sie rechnet aber auch mit Maria, die gleich eintreffen könnte.

„Deine Hütte sieht gut aus", bohrt Jonas weiter.

„Ich dachte fast, der Tom braucht die nicht mehr."

„Die Aussagen der Nachbarn klingen aber anders."

„Ich weiß. Dort gibt es oft Partys. Die hören wir über den ganzen See. Das sind junge Leute. Die brauchen ihren Spaß."

Die Großzügigkeit von Jonas überrascht Gelika etwas. Sie dachte, es mit einem sturen Bauern zu tun zu haben. Bei Slavo hat sie es schon anders gelernt. Bauern haben einen anderen Rhythmus als Arbeiter. Einen tagesfüllenden. Ein Bauer muss sich seine Kraft täglich einteilen. Er braucht Reserven und den Blick für wichtige Aufgaben. Jonas scheint den Blick zu haben. Das Leben auf dem Reschen war sicher nicht einfach. So dicht an der Grenze.

„Der Schwerlastverkehr ist unser Problem", gesteht er. „Der zerstört unsere Berge."

„Mein Slavo fährt so einen Lastwagen."

„Der ist ein lieber Mann. Ich habe ihn in unserem Cafe gesehen."

„Das Cafe gehört zum Hotel?"

„Das Hotel haben wir viel später gebaut. Im Cafe konnten wir unsere Produkte direkt absetzen. Das lief sehr gut."

„So, in etwa, schwebt uns das auch vor."

„Das ist ein harter Weg."

„Die Polizei fährt weg. Ich muss die Zimmer putzen."

„Heute sind es nur zwanzig Zimmer. Einige Gäste sind gegangen. Maria hat deren Zimmer schon geputzt."

„Danke. Bis zum Mittag."

Gelika kann wieder zur Arbeit. Maria wartet schon. Sie wirkt streng.

„Die verlangen von uns, wir sollen uns impfen lassen. Ich möchte das nicht. Jonas auch nicht."

„Gibt es Auswege?"

„Sie drohen mit einer Schließung. Wir müssen alle Gäste testen. Täglich. Einige gingen deswegen vorzeitig. Immerhin haben die Gäste oft viele Jahre gespart für einen Urlaub."

„Jonas hat mir schon die Zimmeranzahl gesagt. Da habe ich heute schon etwas Glück. Bei der Verzögerung."

„Die Zimmer der Abreisen haben ich gestern Abend schon geputzt. Die Gäste sind im Dunkeln abgereist."

„Die Streifen stehen Tag und Nacht, sagt Slavo."

„Man könnte fast gläubig werden. Ihnen einen Abgang in der Form wünschen, wie sie uns Zeit - lebens quälen."

Gelika entdeckt Gemeinsamkeiten mit ihren Chefs. Sie arbeiten hart für ihren Traum. Wir sind

gleich. Mit ihren Schulden, sind sie eigentlich ärmer als wir Proleten. Der Gedanke wurmt sie.
„Wir haben einen gemeinsamen Feind."
Maria staunt, was Gelika für Gedanken von sich gibt.
„Unser Hotelbau war eigentlich ein Fehler. Aus heutiger Sicht. Wir könnten uns damit freiwillig enteignen."
„In Entwicklungsländern wird das so praktiziert."
„Du bist doch nicht etwa Kommunistin?"
„Ich habe Geschichte studiert. Ich sehe hier grausame Gemeinsamkeiten."
„Unsere Kinder studieren auch. In Innsbruck und Wien."
„Landwirtschaft oder Gastronomie?"
Maria muss lachen.
„Das will hier Keiner machen. Höchstens, wenn der Wunsch nicht in Erfüllung geht."
„Wer nichts wird, wird Wirt."
Beide lachen.
„Du hast Recht. Wer lässt sich schon freiwillig quälen."
„Aber ich bekomme trotz Studium und sehr guten Abschlüssen, keine Arbeit auf diesem Gebiet."
„Das ist ein Thema für sich. Ich weiß dazu keine Antwort."

Gelika geht in die Zimmer. Manche sehen aus wie eine ungeplante Abreise. Die Gäste haben sehr viele Dinge liegen lassen. Gelika legt die Dinge alle in einen Korb, der unterhalb des Wagens angebracht ist. Bis Mittag hat sie alle Zimmer schon gereinigt.

In der Küche steht der Personaltisch. Das Essen ist angerichtet. Die Kollegen sitzen schon.

„Du bist aber spät."

Gelika stellt sich vor. Die zwei Köche auch. Michael und Andreas. Andrea ist die Kellnerin vom Frühstück. Sie bleibt bis Nachmittag. Klaus kommt zu Mittag und bleibt bis zum Schluss. Der ist hier recht zeitig. Neun Uhr abends ist das Menü beendet. Die Italienischen Landsleute bleiben oft etwas sitzen oder kommen später. Deutsche sind keine mehr im Haus.

Nach der Vorstellung werden noch lockere Gespräche geführt. Es gibt eine Art Abrechnung vom Trinkgeld. Man teilt. Alle kommen aus der Gegend. Manche mit dem Auto.

„Du wohnst drüben in der Hütte von Tom?", fragt Andreas. Er ist der erste Koch. Andreas ist recht groß und ziemlich stämmig. Er kommt aus Mals. Mit dem Rad oder dem Roller. Heute ist er mit dem Roller da.

„Kennst du die Hütte?"

„Ich habe schon ein paar Mal dort gekocht."
Die Welt ist klein, denkt sich Gelika.
„Zu den Partys?"
„Ja", sagt Andreas voller Begeisterung. „Feine Partys."
Gelika bemerkt eine Begeisterung, die sie nur von jungen Männern kennt. Von balzenden jungen Männern. Ihre Uni war gut gefüllt mit diesen Vertretern. In der Universität wurden viele Familien gegründet. Mit einigen hat sie noch Verbindung. Alle paar Monate tauchen Emails und Kurznachrichten von ihnen in ihrem virtuellen Postkasten auf.
„Hast du dort deine Frau gefunden?"
Ein breites Lächeln zieht über sein Gesicht.
„Eine schöne, liebe Frau."
Andreas nennt nicht ihren Namen. Gelika fragt nicht. Sie glaubt, er tut das irgendwann von allein.
„Dann gratuliere ich. Köche bekommen schwer eine Frau. Ihre Arbeit steht ihnen im Weg. Zu wenig Freizeit."
„Das kann ich unterschreiben."
Die Kollegen lachen alle am Tisch. Maria besonders herzhaft.

„Bei Kraftfahrern scheint das ähnlich zu sein", scherzt sie. „Es gibt leider zu viele Berufe, die einer zeitlichen Trennung bedingen."

„Das beginnt leider schon bei der Ausbildung", antwortet Gelika.

Alle nicken zustimmend. Sie sind als Talbewohner selbst davon betroffen. Die rege Diskussion behandelt die Arbeitswege und vieles mehr. Die Last wird damit, politisch gewollt oder geduldet, auf die Familien geschoben. Das ganze Gegenteil von dem, was in den Medien gesagt wird. Für junge oder fragile Partnerschaften ist das natürlich nicht gut. In diesem Punkt sind sich Alle einig.

Die restlichen Reinigungsarbeiten sind schnell erledigt. Andreas fragt Gelika, ob sie in der Küche etwas helfen möchte.

„Unsere Zimmermädchen haben immer den Küchenboden mit gereinigt."

„Wie habt ihr das bezahlt?"

Beide lachen.

„Ich habe Eine von Denen geheiratet."

„Und die Anderen?"

Andreas lacht.

„Die haben mir schon auch gefallen."

„Wer sucht, der findet", antwortet lachend Gelika. „Ich habe noch Zeit. Ich kann helfen."

Gelika wischt die Küche. Andreas sucht auch ihre Nähe. Fast schon zu nah. Er berührt Gelika vorsätzlich. Ausgerechnet an Stellen, die ihm normal eine Ohrfeige einbringen würden.

„Willst du etwas zu Essen mitnehmen?"

„Was hast du denn?"

„Kuchen?"

„Gerne. Slavo kommt heute."

„Der ist für dich."

„Und für meinen Slavo."

Andreas scheint wieder zur Besinnung zu kommen.

„Normal gebe ich die Reste vom Vortag zur Marende heraus. Such dir Etwas heraus."

Gelika ist begeistert von dem Angebot. Slavo wird sich freuen darüber. Ihr Fahrrad hat einen Korb. Dort legt sie den Kuchen hinein. Andreas verabschiedet sich von Gelika. Er gibt ihr einen Kuss in seine winkende Hand mit auf den Weg. Als Gelika an der Ampel steht, fahren die Carabinieri an ihr vorbei. Ein kurzer Hupton drängt ihren Blick zum Auto. Der Fahrer gibt ihr ein Zeichen. Er zeigt auf seine Maske. Gelika hat vergessen, die Maske anzulegen. Beim Radfahren - allein, findet sie das überflüssig. ‚Aber wenn die wollen, lege ich sie kurz an' – denkt sie sich. In ihrer Tasche trägt sie eine

Maske. Für alle Fälle. Die Carabinieri fahren extra langsam. Sie wollen sehen, ob Gelika die Maske anlegt. Nach dem Anlegen hupen sie noch einmal, winken aus dem Fenster und geben frisch, etwas mehr Gas.

Gelika kommt in ihrer Hütte an. Sie ist wie aufgedreht in Erwartung von Slavo. Sie putzt den Raum noch einmal und schüttelt das Bett auf.

Das Telefon klingelt.

„Ich bin schon in Landeck."

„Ich habe Kuchen aus dem Betrieb zu Hause."

„Ich bringe auch zu Essen mit. In acht Stunden muss ich wieder fahren."

Gelika steckt die Dusche an. Slavo soll schönes warmes Wasser bekommen. Sie möchte mit ihrem Slavo zusammen duschen.

Gelika legt sich noch etwas hin. Sie fürchtet, die lange Nacht bleibt auf Arbeit nicht unbemerkt. Wenn Slavo jetzt von acht Stunden redet, bleiben ihm noch fünf bis sechs Stunden mit Gelika. Er hatte sicher reichlich Stau unterwegs.

Gelika weckt vom Klingeln des Telefons auf.

„Ich bin da." Slavo ruft aus Nauders an. Er möchte Gelika - Zeit geben, ihn mit dem Auto abzuholen. „Ich parke wieder dort, wo ich das letzte Mal stand."

Gelika hatte aber am Nachmittag schon bemerkt, dort stehen schon zwei Lastwagen. Das sagt sie zu Slavo. Sie fährt los und sucht für ihren Liebsten einen Parkplatz. Sie findet einen. Dort lässt sie ihr Auto auf der Straße stehen bis sie Slavo entdeckt. Sie winkt ganz wild vor ihrem Abblendlicht. Slavo gibt ein Lichtzeichen.

Beide küssen sich innigst. Gelika ist froh, Slavo gesund wieder zu sehen. Den ganzen Tag hört sie in den Meldungen von schweren Unfällen. Auch beim Lastverkehr.

„Du bist nicht zu müde?"

„Was denkst du, mit welchem Körperteil ich die Tür geöffnet haben."

Gelika fühlt sofort an Slavos Hose, ob er übertreibt. Ganz sicher nicht, stellt sie fest.

„Ich habe ein frisches Grillhähnchen mit. Es ist noch warm."

Auf dem Weg zur Hütte berichten die Zwei sich untereinander von den Neuigkeiten. Am Telefon ist das zu teuer. Zum Schreiben hat Slavo zu wenig Zeit.

In der Hütte führt Gelika – Slavo die Dusche vor. Slavo freut sich ungemein. Die Duschen in den Rasthöfen sind ihm zu teuer. Er wäscht sich am Waschbecken. Und selbst das, kostet Geld. An jedem Hebel befindet sich ein Münzeinwurf.

Gelika lässt es sich nicht nehmen, Slavo gründlich zu waschen. Slavo tut das Gleiche bei Gelika. Bewundert die herrlichen Kurven seiner Frau. „Du bist mir lieber als das Grillhähnchen." Er hat auch die gedruckten Impfbestätigungen mit. Goran hat Gelika liebe Grüße dazu geschrieben. Im Couvert steckt ein Fünfziger. Eingeschlagen in eine Briefseite.

„Für die Alm und meine liebe Gelika."

Slavo hat recht viel Geld bekommen. Goran hat sehr hohe Prämien gezahlt.

Nach dem Duschen, kommen die Zwei nicht zum Essen. Die Liebe und die Reize gewinnen. Sie reden wenig. Slavo küsst Gelika am ganzen Körper. Als wäre sie sein Abendbrot.

Am frühen Morgen klingelt Slavos Telefon. Das ist sein Wecker. Beinahe hätte er ihn in Gelikas wunderschönen Rundungen überhört.

„Jetzt ist es kalt, das Grillhähnchen."

„Ich lege es dir auf den Bauch. Der ist heiß genug."

Beim Essen erzählen sie sich die Neuigkeiten. Gelika spricht über die Gäste und die Belegung. Sie erwähnt auch die Landwirtschaft im Betrieb. Slavo wirkt etwas erleichtert. Er hat von den massenhaften Schließungen gehört. Sehr viele Pleiten sind dabei.

„Eigentlich müsstest du das Radio abstellen. Die Nachrichten wirken wie Nazi – Propaganda." Gelika hat während ihres Studiums, genug davon gelesen. Der Vergleich zu Damals liegt ihr nahe.

„Leider kann ich das nicht. Wegen der Staus und Baustellen. Es gibt zu viele davon."

„Jeder zweite Satz ist: Lassen sie sich impfen. Gepaart mit Drohungen und Erpressung."

„Schlimmer noch. Die wollen unseren Impfstoff nicht zulassen."

„Das ist schon Krieg."

„Es sieht fast so aus. An der Grenze lächelt Keiner mehr."

„Was ist mit den Flüchtlingen?"

„Du hast davon gehört? Sie versuchen zu Trampen. Überall."

„Die kannst du nicht mitnehmen?"

„Goran hat es mir verboten. Wegen der Ladung." Gelika hat etwas geheizt. In einem Rohr hat sie das Hähnchen erwärmt.

„Nachts ist es schon ganz schön frisch hier", bemerkt Goran.

„Das Wasser und die Schattenseite. Ich heize immer ein paar Scheite."

„Nicht, dass du mir krank wirst."

Goran kann nicht an sich halten. Er küsst Gelika immer wieder. Heiße Sehnsucht.

„Im Herbst haben wir Alles überstanden", flüstert er in Gelikas Ohr.

„So schnell?"

„Goran hat es mir angedeutet. Er will uns etwas helfen."

„Und die Gegenleistung?"

„Ich soll ihm gelegentlich eine Lieferung mit verteilen."

„Wo?"

„Nur von Linz zu uns nach Hause und umgedreht."

„Das klingt beruhigend."

„Für die großen Touren hat er jetzt neue Fahrer. Die werden gerade angelernt."

„Er will dich nicht etwa ersetzen?"

„Nein. Die Fahrer kommen aus Bulgarien, Rumänien und Litauen. Er spart damit etwas."

„Kann ich bei dir als Beifahrer arbeiten, wenn die Hotels geschlossen werden?"

„Das würde mich zu sehr freuen."

„Bei deiner nächsten Rücktour würde ich gern mitfahren."

„Denkst du, dafür Frei zu bekommen?"

„Aber sicher. Den einen freien Tag werden sie mir doch nicht wegnehmen."

„Wir sind aber länger unterwegs als einen Tag."
„Ich weiß. Maria würde mir sicher auch einen zweiten Tag dazu geben."
„Das klingt schon mal gut."
Gelika fährt Slavo zu seinem Lastwagen.
Slavo verspricht, in zwei Tagen wieder hier zu sein.
„Versuch bitte, mit zu fahren."
Gelika käme das eigentlich gelegen. Sie würde gern etwas Reisen. Außerdem sucht sie die Nähe von Slavo. Slavo hat in seinem Lastwagen ein herrliches Bett. Fast, wie ein Himmelbett. Breit. Genug Platz für Zwei. Etwas Ordnung könnte nicht schaden. Slavo hat sogar eine Dusche am Lastwagen. Die kann er aber nur in der Nacht nutzen. Sie befindet sich im Freien. Das Wasser ist jedenfalls warm. Warm genug für Gelika.
Der Abschiedskuss dauert etwas länger als beim letzten Mal.
Auf dem Rückweg begegnet sie wieder einer Streife. Sie wird angehalten. Die Carabinieri sind maskiert. Gelika würde bei ihrem Anblick eigentlich von einem Überfall ausgehen. Einer der Polizisten ist bewaffnet. Sie lässt die Scheibe nur einen schmalen Spalt herunter. Die Frage, wo sie herkommt, versteht Gelika nicht. Nur teilweise. Sie hält ihren Impfnachweis und ihren

Führerschein an die Scheibe. Der Carabinieri lacht freundlich und nickt.

Gelika fährt recht zügig nach Hause. Sie ist spät dran. Das Auto versteckt sie wieder im Schober. Sie steigt um aufs Rad.

Maria schaut etwas finster beim Erscheinen Gelikas.

„Verschlafen?"

„Nein. Ich habe Slavo zum Auto gebracht."

Warum soll sie Maria jeden ihrer Schritte erklären? Sie ist nun Mal etwas spät. Zehn Minuten. Das kann sie allein an der Ampel stehen. Maria muss das doch wissen. Sie erzählt nicht von den Carabinieri.

Jonas befreit sie aus dem Gespräch.

„Frühstück!"

Jonas hat heute den Frühstückskoch gegeben. Im blauen Schürzchen. Deswegen ist Maria so aufgebracht. Michael, der zweite Koch, hat wahrscheinlich verschlafen. Er hat noch nicht angerufen.

„Kannst du mich mal vertreten? Meine Kühe warten."

Gelika ist überrascht. Küche? Sie traut sich höchstens an ein paar Eier. Ob die jetzt den Kundenwünschen entsprechen, wagt sie zu bezweifeln.

„Drinnen liegt ein Zettel. Auf dem steht, wie Alles funktioniert."

Oje. Jonas scheint sich gut vorbereitet zu haben.

„Wir tun das, weil es im Winter oft schwere Verspätungen gibt. Da muss Jeder ran."

Gelika begreift.

„Ich mach es."

Jonas freut sich. Ich bleibe da. Keine Angst. Ich helfe bei Bedarf."

Gelika muss nicht lange aushalten. Michael kommt gerade rechtzeitig. Er stürmt zur Arbeit, als ginge es um den letzten Gast. So ganz daneben liegt er mit der Vermutung nicht. Der Großteil der Gäste reist ab. Die Gäste vermuten, mehreren Kontrollen zu begegnen. Bisher ist kaum ein Gast geimpft.

Die Carabinieri sind wieder im Hotel. Das Haus soll geschlossen werden. Bis auf Weiteres.

Maria fragt, was jetzt zu Tun ist. Die Carabinieri können das nicht beantworten. Sie soll sich an die Gemeinde wenden.

Gelika wird beauftragt, in allen Zimmern die Endreinigung durch zu führen.

Andreas kommt auf Arbeit. Er beklagt, von drei Kontrollen aufgehalten worden zu sein.

Maria fragt ihn, was er jetzt tun würde.

„Essen außer Haus", antwortet er trocken. Viele Bürger haben Nichts zu Hause. Sie brauchen Etwas zu essen.

Maria gefällt der Vorschlag. Jonas fragt Andreas, wie sie das bewerkstelligen können.

„Maria macht das, was sie sonst immer tut. Bestellungen annehmen. Wir kochen das und liefern das aus."

„Ja. Aber wir haben dafür kein Geschirr."

„Zunächst können wir unseres benutzen. Wir bitten unsere Kunden, das grob zu spülen. Hier waschen wir es noch einmal professionell."

„Vielleicht ist es einfacher, das Essen auf deren Geschirr auszugeben?", sagt Maria. Das scheint der Volltreffer zu sein. Alle einigen sich für diesen Weg.

„Wir fahren mit unseren Töpfen und geben es den Kunden zu Hause aus", sagt Andreas.

In den Nachrichten kommt, die Betriebe bleiben offen. Alle Arbeiter werden in den Betrieben kontrolliert. Die Betriebe haben die Verantwortung.

Keiner versteht so recht, was damit gemeint ist. Die Nachrichten und Meldungen widersprechen sich. Große Unsicherheit zieht ein.

„Wir machen erst mal das, was Andreas vorschlägt. Dann sehen wir weiter", sagt Jonas.

In den Nachrichten kommt auch die Durchsage, Keiner darf seinen Ort verlassen. Es sei denn, er muss auf Arbeit gehen.

„Wenn wir Essen ausliefern, ist das unsere Arbeit", schimpft Maria. Sie versteht von den Meldungen nur die Hälfte.

„Sind wir nun im Ort eingesperrt oder können wir im ganzen Land ein- und verkaufen fahren."

Gelika ist zu Mittag mit der Hälfte der Zimmer fertig. Am Pausentisch gibt es reichlich Diskussionen. Keiner versteht die Meldungen. Alles ist widersprüchlich. Die Einen sagen so. Die Anderen, so. Alle kommen sich vor wie in einem Irrenhaus. Nach dem Mittag wird Gelika recht schnell fertig. Maria verabschiedet sich von ihr.

„Morgen brauchst du erst gegen Neun zu kommen."

Gelika freut sich. Sie kann nach der kurzen Nacht ausschlafen.

„Kann ich Übermorgen mit meinem Mann mitfahren. Wir wären zwei Tage unterwegs."

„So, wie das jetzt aussieht, ja."

Scheinbar hat Gelika einen guten Moment gewählt mit ihrer Frage. Sie verabschiedet sich.

An der Kreuzung trifft sie Radfahrer. Keiner hat eine Maske auf. Nachdem sie das sieht, steckt sie ihre Maske ein. Sie konnte nicht den

Nachrichten folgen. Wahrscheinlich dürfen Radfahrer ohne Maske fahren.

Sie stellt sich gerade vor, eine Havarie mit einem Staudamm wäre passiert. Keiner wüsste so recht, was er zu tun hätte. Und dann noch zehn unterschiedliche Meldungen. Und das in einem Land, in dem eine halbe Million Menschen leben. Sie schüttelt mit dem Kopf. Sie fragt sich, ob sie hier bleiben möchte. Hoch bezahlte Verantwortliche geben planlos, Befehle aus. Das Volk muss sich verraten vorkommen.

Zu Hause angekommen, sieht sie Tom und Hannes vor dem Haus stehen.

„Ich dachte, wir dürfen den Ort nicht verlassen", begrüßt sie die Drei. Waltraut ist mit. Sie hat zu Essen mitgebracht. Alle Drei tragen Masken. Waltraut gibt Gelika gleich zur Begrüßung ein Dutzend davon.

„Die kannst du sicher gebrauchen."

Offensichtlich schenkt man sich im Land zur Begrüßung, Masken. Tom hat eine Flasche Desinfektionsmittel mit. Hannes hält eine Kiste Lebensmittel in der Hand.

„Zu unserer Hütte dürfen wir fahren", sagt Tom.

„Meine Gäste dürfen bleiben. Die haben alle einen Negativtest."

Gelika scheint irgend Etwas überhört zu haben. Die Einen so – die Anderen so. Sie versteht die Welt nicht mehr.

„Es gibt Impfzentren. Auch Zentren, in denen man sich testen kann."

„Na; wenn sich die Leute dort nicht anstecken, dann sicher in der Bahn."

Gelika kann den Unfug nicht begreifen. Sie dachte, sie hätte es mit erwachsenen Menschen zu tun. ‚Das sind Chaoten', denkt sie sich. Während ihres Studiums hat sie sich natürlich auch mit ähnlichen Fällen in der Geschichte befasst.

„Ich dachte, wir hätten uns jetzt drei hundert Jahre entwickelt", sagt sie zu Waltraut.

„Das scheint nicht so", antwortet die.

„Du musst dir vorstellen, Russen, Chinesen und Kubaner helfen uns."

„Und die Großkupferten, streiten sich, was für Medizin und Masken genommen werden dürfen. Ja keine russischen, chinesischen oder kubanischen Masken.

„Wir sind Denen scheißegal", schimpft Hannes. Hannes musste seinen Laden schließen. Nur Läden des täglichen Bedarfs dürfen öffnen. Hannes hat feuchte Augen bei der Bemerkung. Und das sieht Gelika in Südtirol das erste Mal. So lange ist sie noch nicht hier. Sie hat aber schon von der sehr hohen Selbstmordrate hier gehört. Zuerst geht Gelika davon aus, die Zwei würden kommen, um Miete zu kassieren. Natürlich in Form von Sex. Waltraut wird das geahnt haben. Deswegen ist sie mit. Sie lacht Gelika schadenfreudig zu und zwinkert. Gelika versteht. So bleibt die Gelegenheit, endlich wieder Mal gut zu essen. Hannes packt einen Lachs aus. Tom hat den kochen lassen. Mit Allem, was dazu gehört. Petersiliekartoffeln, braune Butterbrösel, feinstes Gemüse.

„Den Rest isst du morgen.", sagt sie tröstend zu Gelika.

Einfrieren kann Gelika nichts. Sie hat zwar einen kleinen Kühlschrank. Aber den braucht sie bisher nicht.

Eigentlich hatten die Gäste damit gerechnet, Slavo zu treffen. Slavo hat bei Waltraut - Etwas vergessen. Sie hat es in der Hand. Ein Notizbuch. Slavo hat darin alle Lieferungen, Stunden und Mahlzeiten vermerkt. Auch die Treffen mit Gelika.

Gelika freut sich außerordentlich für dieses Buch. Tom hat eine Flasche Wein mit. Damit möchte er gleich anstoßen.

„Ich weiß noch nicht, was uns die Zukunft bringt", gesteht Gelika. „Aber morgen fahre ich mit Slavo zusammen eine Tour."

„Ivan hat uns von Slavo berichtet. Er würde auf dieser Tour gut verdienen. Wir wünschen euch viel Glück."

„Wenn wir helfen können bei eurem Vorhaben. Gerne", gesteht Hannes.

Hannes scheint sich in Gelika verliebt zu haben. Er liebt ihre praktische Art, Probleme zu beheben.

„Angelika ist schon wieder auf Tour", gesteht er ihr. Gelika ahnt, was die Aussage bedeutet.

„Wie lange?"

„Drei Monate."

Das klingt fast schon traurig. Hannes liebt Angelika. Das merkt Gelika jetzt. Die Natur schlägt bisweilen durch bei ihm. Keiner kann es ihm verübeln. Jeder Mensch sucht Nähe und Geborgenheit zu seinen Liebsten. Zum Glück ist Waltraut noch im Haus. Nicht, wie bei Gelika. Ihre Eltern sind leider tot. Sie steht allein. Slavo ist ihre ganze Liebe und Hoffnung. Hannes – ein guter Freund.

Nach dem Essen sagt Waltraut, „ich gehe mit Tom am See spazieren."

Der Wink soll Gelika animieren, Hannes das zu geben, was er jetzt dringend benötigt. Gelika versteht. Waltraut weiß Bescheid. Vielleicht hat ihr das Hannes gebeichtet?

Und schon sind die Zwei weg.

„Musst du noch duschen?"

„Nein."

Gelika gibt Hannes eine Handarbeit. Sie zieht sich dabei etwas aus. Um Hannes zusätzlich zu stimulieren.

„Das ist Alles, was ich dir bieten kann. Ich verhüte nicht", sagt sie als Notlüge. Sie verhütet schon. Aber nur für Slavo. Aktuell.

Hannes ahnt das. Er akzeptiert das. Es macht ja auch so Spaß. Die Erleichterung ist spürbar. Das Grimmige ist verschwunden. In Krisen scheint das eine brauchbare Methode zu sein', denkt sich Gelika.

„Wie bewahrt Angelika ihr freundliches Lächeln?"

„Irgend eine Methode wird sie schon haben."

„Bei uns gibt es eine sehr bekannte Kapelle. Mit einer Sängerin. Die steigt jeden Abend mit einem Bandmitglied ins Bett."

„Das scheint eine gute Motivation zu bringen."

Hannes bemerkt das in einer Ruhe. Gelika staunt.

„Sie ernährt uns. Mit meinem Geschäft verdiene ich neben der Miete, kaum Etwas."
„Es gibt zu viele Geschäfte und zu wenig Kunden."
„In Saisons geht das gut. Die Gäste kaufen aber selten etwas Neues. Eher einen Ersatz. Wenn Etwas kaputt geht. Sie schleppen Alles von zu Hause hier her."
„Ich verstehe."
„Maria und Jonas wollen Essen außer Haus anbieten."
„Das wäre eine Möglichkeit. Hoffentlich geht das gut. Ich wünsche es den Zweien vom Herzen."
Gelika zieht sich schnell wieder an. Hannes wäscht sich kurz. Waltraut kommt mit Tom zurück. Tom lächelt Hannes verschmitzt an. Der nickt zurück. Waltraut scheint das zu bemerken. Auch im Gesichtsausdruck von Hannes. Sie streichelt Gelika. Gelika spürt ein Papier in Waltrauts Hand. Einen Hunderter.
Die Drei verabschieden sich. Gelika ist jetzt wieder allein. Sie legt sich sofort Schlafen. Die Nacht war zu kurz. Aber sehr schön mit Slavo. Gelika steht recht zeitig auf. Die innere Uhr hat bei ihr schon diese Zeit programmiert. Sie putzt die Hütte. Die Wäsche erledigt sie in Handarbeit. Ohne Maschine. Für eine Maschinenfüllung

müsste sie zu lange die getragene Wäsche lagern. Das will sie nicht. Zu viel Wäsche hat sie auch nicht. Gegen acht Uhr fährt sie los. Mit dem Rad. In Zehn Minuten ist sie bei Maria. Maria putzt etwas nervös die Rezeption.

„Wir haben tatsächlich Bestellungen bekommen. Noch sind es nicht viel. Aber, es geht los."

„Was kann ich tun?"

„Du musst jetzt die Küche putzen und Abspülen. Die Köche und Jonas fahren das Essen aus. Wir betreiben zwei Touren. Die Orte sind zu weit auseinander."

„Alles klar. Mich freut das. Wie machen wir das an meinem freien Tag?"

„Da putze ich."

Gelika bemerkt: Das sind noch Unternehmer. Sie ist stolz, hier zu sein.

„Du kannst außerdem noch Kartoffeln schälen und Gemüse putzen."

„Dann ist ja mein Tag gut ausgefüllt."

„Michael wird dir zeigen, wie das Gemüse geputzt wird."

Maria hat schon bemerkt, Gelika hat wenig Übung darin.

„Das begreifst du schnell."

Gelika macht sich mit der Küche vertraut. Maria zeigt ihr, wie die Spülmaschine funktioniert.

Gelika wäscht gleich das Geschirr vom Frühstück.

„Du musst das nach dem kurzen Abtrocknen, polieren. Es darf nicht zu trocken sein."

Gelika testet die Aussage. Maria hat Recht.

Sie bemerkt auch, die Arbeit muss ziemlich zügig erledigt werden. Vor dem Abtrocknen.

„Was passiert, wenn mir Etwas herunter fällt?"

„Dann bekommst du keinen Lohn."

Maria lacht bei der Antwort. Sie möchte zusätzlichen Stress bei Gelika vermeiden. Gelika bemerkt das und lacht mit.

„Das Geschirr ist nicht billig. Das können wir einige Jahre nachkaufen. Die Zeit wird aber auch immer kürzer. Es kommen immer neue Designs. Alle paar Jahre sind wir gezwungen, Alles neu zu kaufen."

„Das nenne ich vorbildlichen Umweltschutz."

„Das ist Alles - Blabla. Hör da nicht hin."

„Ich habe das schon bemerkt. Tourismus ist Umweltzerstörung."

„Massentourismus. Vor einigen Jahren ging das noch recht gut. Jetzt werden wir von Müllbergen und Fahrzeugstaus bedeckt."

„Angeblich leben sie davon."

„Angeblich. Man lebt gut davon, wenn die eigenen Produkte verkauft werden. Sonst nicht. Ich heiße Maria."

„Daran muss ich mich noch gewöhnen."

Gelika ist eigentlich froh, so zeitig das Du angeboten zu bekommen. Sie fühlt sich heimisch bei Maria und Jonas. Auch die Kollegen machen einen guten Eindruck auf sie. Sie ist gut angenommen worden hier. Besser als in Österreich. Das wollte sie eigentlich Etela noch sagen. Die hat mit ihren Internetsex genug zu tun. Sagt sie. Das würde ihr auch Spaß bereiten. Spaß bei der Arbeit. Wo gibt es das noch?

„Den Lohn können wir erst mal nicht erhöhen", gesteht Maria.

„Hauptsache, wir kommen durch", antwortet Gelika. Sie sieht sich schon fast als Unternehmerin. Zumindest, mit verantwortlich. Kurz nach Ein – Uhr, kommen die Jungs wieder.

„Wir haben fast hundert Essen verkauft", gesteht Jonas.

„Das ist viel!", antwortet Maria.

„Den Rest, essen wir."

Gelika hat den Personaltisch schon gerichtet. Jonas holt eine Flasche Prosecco. Zum Anstoßen. Jonas möchte eine Rede halten. Maria hält ihn davon ab. Sie hält die Rede.

Alle freuen sich für den gut gelungenen Start.
Bei Maria summt pausenlos das Telefon.
„Das sind Bestellungen."
Wie scheint, haben sie den Start gut gemeistert.
Die Köche fangen sehr zeitig an. Schon sechs
Uhr. Zehn Uhr wollen sie Alles verpackt haben.
Dann gibt es eine kurze Pause. In dieser Pause
lesen sie ihren Lieferplan. Sie legen sich die Tour
zurecht. Trotzdem nimmt sich jeder Koch und
auch Jonas, Geschirr mit. Sie servieren mit
eigenem Geschirr. Das muss Gelika jetzt spülen.
Inzwischen bereiten sich die Köche für den
kommenden Tag vor.
Schon am ersten Tag, scheint Routine
einzuziehen. Gelika staunt.
„Wir arbeiten auch so im Skigebiet. Das ist uns
nicht neu", sagt Andreas.
Jetzt weiß Gelika - Bescheid. Den Kollegen ist das
nicht neu.
„Jonas hat eine Hütte im Skigebiet. Die
versorgen wir genau so."
„In der Hütte benutzt ihr auch euer
ausgedientes Geschirr?"
„Du hast es begriffen."
„Ein guter Kreislauf."
„Das Geschirr ist zu teuer zum weg schmeißen",
gibt Jonas zum Besten.

„Bei uns gab es früher ein Geschirr im gesamten Land. Überall gleich."

„Jaja. Der Inhalt zählt eben. Heute wird mit dem Geschirr auch gewaltig getäuscht."

„Also kauft der Gast auch das Geschirr?"

„Du hast es erkannt." Michael lacht.

„Schöne Wirtschaft. Ein silberner Teller für das Hundefutter."

„Unser Essen ist doch kein Hundefutter!"

„Ja. Aber ich sehe oft Gäste, die damit ihre Hunde füttern."

„Wo du Recht hast, hast du Recht. Wenn es der Hund frisst, ist es für den Menschen gut genug."

„Da könnten wir auch Hundefutter kochen", sagt Gelika laut lachend.

„Das Hundefutter ist teurer als unser Essen", sagt Jonas. Der scheint sich auszukennen auf dem Gebiet.

„Du hast es wohl schon probiert?"

Alle am Tisch lachen.

„Was denkst du, was du hier isst?".fragt Andreas lachend.

Alle beobachten das Gesicht von Gelika. Die scheint das nicht zu berühren.

„Schmeckt aber."

„Danke", antwortet Michael. Er hat es gekocht. Nicht Alles. Aber die Hauptspeise. „Von meinem Essen wollen sogar die Hunde mehr."

Maria stoppt die Zeit, die Gelika zum Spülen benötigt. Gelika stoppt sie auch. Sie will wissen, ob ihre Arbeitszeit ausreicht. Vielleicht gibt es auch Möglichkeiten, das zu optimieren.

Heute hat sie das in neunzig Minuten geschafft. Wenn sie mehr Zeit benötigt, muss sie sich Etwas einfallen lassen.

Maria dankt Gelika. Sie gibt ihr ein kleines Trinkgeld in die Hand. „Gehe mal Etwas einkaufen mit Slavo."

„Kann Slavo auch bei uns hier übernachten?"

„Jetzt, wenn das Haus leer ist, sicher."

„Dann muss ich nicht drei Mal - Hin und Her fahren. Ich würde dann auch die Nacht hier bleiben."

„Wir machen das so, wenn es das Wetter erfordert. Das hält bei uns ziemlich viele Überraschungen bereit."

Gelika bedankt sich. Michael hat ihr wieder etwas Kuchen eingepackt.

„Bis morgen. Wieder neun Uhr. Das ist deine neue Arbeitszeit."

Gelika arbeitet jetzt von Neun bis vier Uhr Nachmittags. Die Arbeitszeit gefällt ihr.

Kaum ist Gelika in ihrer Hütte, klingelt das Telefon. Irgend Jemand weiß, wann sie Feierabend hat. Es ist Hannes. Er möchte sich für den Dienst Gelikas herzlich bedanken. Er lädt sie zum Essen ein. Nicht in ein Restaurant. Das wäre zu umständlich jetzt in der Pandemie. Es gibt offene Restaurants. Aber Hannes befürchtet extreme Kontrollen und erniedrigende Prozeduren. Zu Hause bei Waltraut. Gelika soll mit Slavo anreisen. Vielleicht auf der Rückfahrt als Umweg. Gelika verspricht, das mit Slavo zu bereden. Hannes ist sehr dankbar. Er gibt Gelika ein akustisches Küsschen.

Gelika glaubt mittlerweile, sie hat sich hier eine Form des Respektes erarbeitet. So lange ist sie noch nicht hier. Trotzdem wächst der Grad an Zustimmung. Das hat sie Slavo in der vergangenen Nacht erzählt. Er freut sich ungemein darüber. Die Zuversicht der Beiden, wächst von Tag zu Tag.

Vor ihrer Abreise, möchte Gelika noch etwas Ordnung schaffen. Sie versteckt auch wichtige Dokumente. Sie denkt, Tom hat noch Schlüssel für die Hütte. Er könnte von einer Neugier befallen werden. Immerhin weiß er, Gelika ist für zwei Tage nicht da. Gelika entschließt sich, ein paar persönliche Dinge bei Maria zu hinterlegen. Damit will sie auch etwas Vertrauen aufbauen. Am Morgen fährt sie mit dem Fahrrad zur Arbeit. Zu der Zeit, ist reger Lieferverkehr unterwegs. Auch reichlich Lastverkehr. Dabei dachte Gelika, während der Pandemie würde die Wirtschaft ruhen. Das Gegenteil scheint der Fall zu sein. Von den Nachrichten aus China hat sie erfahren, dort ruht die gesamte Produktion. Im Pandemiegebiet. Die Chinesen haben fest gestellt, auf Arbeit stecken sich die Meisten an. Offensichtlich sind die Herrschaften in Europa klüger. Sie leugnen das. Im Gegenteil. Sie forcieren eine Art der Zwangsarbeit. Das hat sie während ihres Studiums gelernt. Der Vergleich mit dem Dritten Reich liegt nahe. Einsperren und nur zur Arbeit frei lassen. Wenn das deren Kultur wird, ist es eine überlieferte Kultur.

Am Hoteleingang bei Maria muss sie sich jetzt desinfizieren. Drinnen wartet Maria mit einem Test.

„Der wird täglich abgeholt."

„Ja. Und wenn ich krank bin?"

„Dann werden wir Alle eingesperrt."

In der Küche herrscht etwas Hektik. Die Kollegen packen schon teilweise das Essen ein. Gelika entdeckt neue Behälter. Thermobehälter.

„Die haben wir von unserer Hütte geholt. Die bleibt eh geschlossen", sagt Andreas.

„Ich dachte, wir dürfen dort nicht hin."

„Unsere Hütte dürfen wir schon besuchen. Der Sicherheit halber."

Gelika rechnet mit dem Schlimmsten. Wenn die so - eine Pandemie angehen, dauert die zwei Jahre. Pandemie für das Volk. Freie Fahrt für Reiche mit ihren Huren. Hoffentlich holt der liebe Gott das Gesindel, denkt sie sich. Wohl in der Kenntnis, wie in Europa die Pest angegangen wurde. Mit dem Kreuz und reichlich Segen. Aber ohne direkte Hilfe. Und das, in einer angeblich fortschrittlichen Gesellschaft.

„Hoffentlich kommt Slavo gut durch", sagt sie zu Andreas.

„Keine Angst. Der muss nicht so leiden wie wir."

„Leidest du?"

„Frag lieber nicht. Ein Tag Essen außer Haus und ich habe zehn Abstriche gemacht."

„Ein Gentest ist nicht mehr notwendig."

„Das ist vielleicht die beste Zeit, sich sterilisieren zu lassen." Andreas lacht dabei.

„Hast du so viele Vaterschaftsklagen am Hals?"

„Man weiß nie." Beide lachen.

Anjeschka fragt Gelika, ob sie in ihrer Hütte – Wache halten soll. Gelika wäre das schon Recht.

„Maria hat mir das zugetragen."
„Dann mach das. Kommst du zum Feierabend mit?"
„Gerne. Ich kann dir auch beim Abspülen etwas helfen."
Das Angebot lässt Gelika nicht verglühen.
„Danke. Fährst du mit raus?"
„Nein. Ich nehme mit Maria die Bestellungen an."
„Sind es viele geworden?"
„Mich wundert das selbst. Wir sind nicht die Einzigen, die liefern."
„Vielleicht werdet ihr mit Anderen verglichen?"
„Da bin ich mir sicher."
„Wie viele Touren sind es jetzt?"
„Immer noch zwei. Es werden drei. Der Rückweg hat sich verlängert. Wir geben aus und verschwinden gleich wieder. Auf dem Rückweg nehmen wir unser Geschirr wieder mit. Die Kunden sind sehr hilfsbereit."
„Komisch. In der Bevölkerung funktioniert das."
Die Jungs brechen auf mit dem Essen. Maria ruft zur Mittagspause. Die drei Frauen sitzen allein am Tisch. Die Köche waren heute etwas spät dran. Sie haben erst nach der Rückkehr ihre Pause. Keiner murrt. Alle sind noch eifrig.
Der Sanitäter kommt und holt die Proben ab.

„Sind die frisch?"

„So frisch wie du", antwortet Maria und lacht.

Der junge Mann tut das ehrenamtlich.

„So komme ich wenigstens vor die Tür", sagt er.

„So schnell freut man sich auf das Minimum", antwortet Gelika. „Eine gute Generalprobe."

Der junge Mann nickt. Er wirkt etwas leichtgläubig. Fast naiv.

Nach der Pause, geht Gelika die Küche putzen. Anjeschka versucht zu helfen. Sie ist bei dieser Tätigkeit etwas ungeschickt.

„Mach einfach das, was du kannst", sagt lachend Gelika.

„Da müsste ich ja nichts tun", antwortet Anjeschka lachend.

„Wir tun das zusammen."

Maria kommt helfen. Sie entlastet Gelika etwas. Sie zeigt Anjeschka, wie die Küche geputzt wird. Anjeschka ist dankbar dafür. Die Bewegung tut ihr gut. „Eine gute Abwechslung", sagt sie.

„Später kannst du das, was du hier lernst, sicher einmal gebrauchen", sagt Maria mit erhobenem Finger.

Eigentlich war das nicht nötig. Anjeschkas Zimmer sieht aus wie eine Puppenstube. Das hat Michael erzählt.

Vielleicht schaut Michael mehr auf Anjeschkas Hintern als auf staubige Ecken? Gelika bewertet seine Aussage nicht besonders hoch. Immerhin ist Anjeschka mit einer ansprechenden Schönheit gesegnet. Zusammen mit ihrer Zierlichkeit, ist das der freie Eintritt in manches Herrenzimmer. Jonas ist nicht unbedingt der Mann ihrer Träume. Der liebt Kuhärsche. Aber es gibt schon Kandidaten. In der Küche zum Beispiel. Auch unter den Gästen. Maria hat da schon einige Emailkontakte gefunden. Und gelöscht. Eifersucht. Anjeschka hat das bemerkt. Sie lacht heimlich darüber.

Nach dem Putzen fahren Gelika und Anjeschka mit dem Fahrrad zu ihrer Hütte. Ein Maserati steht davor. Tom. Wie vermutet. Gelika sagt das zu Anjeschka, was sie befürchtete.

„Bei Tom habe ich schon gearbeitet", antwortet sie. „Den kenne ich genau."

Tom sitzt in seinem Auto vor dem Grundstückstor. Einen Schlüssel hat er. Er geht nicht rein. Kaum sieht er die Zwei mit dem Rad kommen, springt er aus dem Auto. Er hat Blumen mit und Lebensmittel.

„Das ist von Hannes."

Offensichtlich ist Tom schüchterner als die Zwei dachten. Vielleicht genießt Gelika jetzt mehr

Respekt? Als Tom Anjeschka sieht, fragt er, ob es einen Kaffee gibt bei Gelika. Anjeschka muss lachen. Tom küsst sie und Gelika. Ohne Zunge. Auf die Wangen.

„Du kannst Das mal mit rein tragen."

Er gibt Anjeschka eine kleinere Kiste in die Hand.

„Da sind Sachen für Slavo dabei. Für eure Tour morgen."

‚Komisch. Weiß der auch schon Bescheid', denkt sich Gelika.

„Anjeschka wird unser Wachmann morgen und übermorgen."

„Ah. Die schöne Anjeschka", säuselt Tom.

„Schade. Ich habe morgen zu tun."

Gelika serviert einen tschechischen Kaffee. Slavo hat ihr einen Wasserkocher mitgebracht. Sie muss den Ofen nicht bemühen.

„Der Kaffee schmeckt gut", versucht sich Tom einzuschmeicheln.

„Der italienische Kaffee ist für unsere Zubereitung gut geeignet", sagt Gelika.

„Das glaube ich unbesehen."

Tom gibt sich zwei Stück Schokolade in den Kaffee. Die Frauen machen das sofort nach.

„Schmeckt."

„Slavo kommt gleich, mich abholen. Willst du warten?"

Tom überlegt. Oder er tut so.

„Ich warte. Aber nicht zu lange. Abrechnung. Ich muss meine Kellner abrechnen."

Gelika fängt gleich an zu rechnen. Wie lange fährt Tom nach Sterzing? Mit dem Schlitten. Vier Stunden? Telefon Gelikas klingelt. Slavo ist in Landeck. Eine und eine halbe Stunde. Dann ist er hier.

„Slavo ist schon in Landeck."

„Wie lange braucht er bis hier her?"

„Zwei Stunden."

„Dann gehe ich. Das ist zu spät für mich. Sag ihm liebe Grüße von Hannes und mir."

„Tschüss. Danke. Fährst du bei Hannes vorbei? Grüße auch Waltraut von mir."

Tom küsst die Zwei wieder. Er wirkt wie aufgezogen. ‚Irgend Etwas führt der im Schilde', sagt sich Gelika. Sie traut Tom nicht ganz.

Kaum hat er das Haus verlassen, sagt Anjeschka, „der ist aber zahm heute."

„Er wird dich besuchen, wenn ich nicht hier bin."

„Das glaube ich auch."

„Keine Angst. Du hast Alles mit, was er sucht."

Die Zwei lachen.

„Das gibt eine Prämie. Papa wird sich freuen zu Hause."

Anjeschkas Papa sitzt im Rollstuhl. Mama pflegt ihn.

„Papa war tschechischer Motogrossmeister. Er war böse gestürzt. Nach der Wende bekam er keine Arbeit mehr. Er hat in der Buchhaltung gearbeitet."

„Du bist nach deinem Vater gekommen."

„Nicht ganz. Mama war in der Poststelle des Betriebes."

„Also bist du familiär vorbelastet."

„Das glaube ich auch - fast."

Die Zeit ist um. Slavo ist da. Gelika fährt zusammen mit Anjeschka, Slavo abholen.

Kaum sind sie am Lastwagen von Slavo, zeigt er ihr das neue Schlafgemach seines Lastwagens. Hergerichtet wie ein Himmelbett. Es duftet. Anjeschka fragt, ob sie heute hier zu Dritt schlafen oder in der Hütte. Sie findet den Lastwagen bequemer. Gelika setzt Anjeschka am Hotel ab. Sie möchte mit Slavo allein sein. Slavo soll früh mit ihrem Rad zum Lastwagen fahren. Eine gemeinsame Radtour.

„Hoffentlich kann ich noch Rad fahren", sagt Slavo.

„Nach meiner Massage? Sicher."

Slavo hat Haxen mitgebracht. Die sind noch
warm. Maria hat Gelika – Strudel mitgegeben.
Slavo hat den ganzen Tag darauf gewartet.
„Wir sollen morgen bei Hannes vorbei schauen.
Sie halten uns ein Essen zurück."
„Für ein gutes Essen bei Waltraut, tu ich Alles."
„Ist der Umweg nicht zu umständlich?"
„Etwa einhundert Kilometer. Zwei Stunden."
„Mit dem Essen, fünf."
„Wir fahren das auf dem Rückweg. Das geht
schon gut."
„Wann fahren wir los?"
„Etwas eher als sonst. Du willst doch sicher
Etwas sehen."
„Darauf habe ich lange gewartet."
„Das wird unsere Hochzeitsreise."
Slavo küsst Gelika innigst. Mit Freudentränen.
„Ich habe nie gedacht, mit dir zusammen, eine
so schöne Ausfahrt zu haben."
Die Zwei duschen zusammen und träumen vom
kommenden Tag.
„Irgendwann werden wir Zwei auch mal im
Mittelmeer baden."
„Anjeschka hat davon erzählt. Sie war gar nicht
so sehr zufrieden"
„Warum?"

„Es gäbe so ungewohnte Prozeduren. Selbst den Strandkorb muss man mieten.“
„Ja und? Wir brauchen keinen.“
Der Morgen ist schnell angebrochen.
„Wie lange musst du schlafen?“
„Wir sind zu schnell aufgewacht. Nach vier Stunden müssen wir eine Pause einlegen.“
„Du weißt doch sicher einen schönen Platz.“
„Wenn wir Glück haben, schaffen wir das.“
„Wird das kontrolliert?“
„Ziemlich hart.“
Die Zwei brechen auf. Gelika als Beifahrer. Bozen ist ihre erste Station. Dort laden sie nur Etwas ab. Gelika hat Bozen nur in der Nacht gesehen. Sie freut sich darauf.
Am Morgen fahren Beide mit dem Fahrrad zum Hotel. Zu Fuß gehen sie zu Slavos Lastwagen. Der Lastwagen hat eine automatische Klimaanlage. Es ist schön warm drinnen. Gelika soll sich noch etwas hinlegen. Bis Bozen. Wegen der Zeitumstellung, ist es morgens zu dunkel, um die Landschaft zu bewundern.
„Das ist eine ganze Wohnung hier.“, sagt Gelika.
„Mehr brauche ich nicht ohne dich.“
Gelika kann nicht schlafen. Sie möchte sehen, wie Slavo fährt. Sie möchte ihn auch unterhalten. Gegen die Müdigkeit. Slavo ist sehr

dankbar dafür. Gelika serviert Kaffee. Slavo bedankt sich mit einem Küsschen.

In Schluderns begegnet ihnen schon die erste Streife.

„Ihren Impfnachweis bitte.“

Mit einem Scanner gehen sie an Slavos und Gelikas Telefon.

„Gute Fahrt.“

„Wir werden sicher bis Verona von zehn bis zwanzig Kontrollen angehalten“, sagt warnend Slavo. „Die drehen völlig durch.“

Gelika bedauert ihn. Sie dachte, ihre Arbeit wäre schon schlimm. Das hier, ist bedeutend schlimmer. Wie kann man unter diesen Verhältnissen arbeiten? Menschenwürdig? Die Frage wurmt Gelika.

In Bozen sieht Gelika das erste Mal den Stau vor einer Mautstation. Um diese Zeit sind reichlich Kollegen von Slavo unterwegs. Alle haben es scheinbar eilig. Slavo muss zuerst in das Gewerbezentrum. Dort wird sein Container umgehangen. In der Station ist eine kleine Cafeteria. Die ist übervoll. Vor der Tür. Alle rauchen und reden miteinander. Gelika hört alle ihr bekannten Sprachen. Es dauert nicht lange und sie wird angesprochen.

„Willst du mitfahren?“

„Ich fahre schon mit."

„Doch nicht etwa mit Slavo?"

„Ja. Kennst du den?"

„Von hier. Wir treffen uns sonst nie."

Es dauert etwa dreißig Minuten bis Slavo kommt. Er grüßt seine Kollegen. Man fragt schnell, wohin es heute geht. Aus dem Süden kommende Fahrer, berichten von Baustellen und Kontrollen. Gelika hört teilweise zu. In Affi gäbe es eine Großrazzia. Dort stehen etwa fünfzig Carabinieri. Auch Testzelte und reichlich medizinisches Personal.

„Das wird uns sicher einige Zeit kosten", deutet Slavo an. Sein Kollege sagt, er hätte eine Stunde da verloren.

„Eine Stunde ist ja noch erträglich", antwortet Slavo.

„Mit den anderen Aufenthalten, kommen leicht drei bis vier Stunden zusammen", gibt der Kollege den Zweien mit auf den Weg. Slavo drängt. Jetzt weiß er, warum es heute die Kollegen so eilig haben.

„Das gibt sicher viele Unfälle", sagt Slavo."Die Hektik ist nicht gut in unserer Branche."

„Zählt dieser Aufenthalt auch als Fahrpause?", will Gelika wissen.

„Ja. Das wird addiert."

Das Gedränge an der Mautstation, kennt Gelika noch aus Sterzing und vom Brennerpass. Eigentlich haben Lastwagen eigene Spuren. Die sind aber immer von Fahrern besetzt, die ihren SUV mit einem Lastwagen verwechseln. Dazu fummeln die an den Zahleinrichtungen herum, als würden sie diese Kasse das erste Mal erleben. Wenn man das Portemonnaie erst nach der Aufforderung durch den krächzenden Lautsprecher heraus holt, kommen bei Slavo Zweifel an der Zurechnungsfähigkeit. Er schimpft leise vor sich hin. Obwohl er das gewohnt ist.

„Die Intelligenz hat schwer gelitten in den letzten Jahren."

Einige Lastwagenfahrer hupen. Der Mann an der Kasse zuckt zusammen. Er hebt die Hand, schlägt sich auf die Stirn und entschuldigt sich mit reichlich Gesten.

„Das ist nur gespielt", sagt Slavo. „Die machen das immer so. Auch auf der Autobahn."

Beide lachen.

„Auf Reisen, kann man ein Volk kennenlernen. Den wahren Charakter", sagt Gelika.

„Aber nicht auf Massenreisen", sagt Slavo.

„Und das sieht um diese Zeit schon danach aus."

„Bestimmte Urlauber brechen sehr zeitig auf."

„Die, mit den gelben Nummern?"
„Das sind Holländer."
„Die Nummern hier, sehen aber anders aus."
„Franzosen."
„Alle wollen nach Italien."
„Die, mit Geld. Die anderen schmoren zu Hause."
„Das Tal ist aber recht dunkel hier."
„Die Sonne muss erst über den Berg kommen.
Gegen Zehn wird es heller."
„Aber da Unten ist es ziemlich hell."
„Da wollen wir hin. Das ist Affi."
„Die Burgen und Schlösser in den Bergen
gefallen mir."
„Damit hast du auch fast Alles gesehen."
Die Müdigkeit hat Gelika überrascht. Sie ist
eingeschlafen. Wahrscheinlich hat sie mehr
Sehenswürdigkeiten erwartet. Ihr Wunsch ging
nicht in Erfüllung. Die Kulisse wird ziemlich
eintönig.
Slavo achtet schon lange nicht mehr auf die
Kulisse. Ihn interessiert eher, was die Kollegen
im Funk sagen.
„In Trento steht die erste Kontrolle. Wir müssen
dort anhalten."
Gelika hört kaum hin. Sie schlummert.
Slavo muss zum Flughafen. Dort wird seine
Fracht umgehangen. Im Gewerbegebiet. Genau

hier ist auch eine Kontrolle. Slavo zeigt wieder die Telefone. Beide werden gescannt.

„Sind die gültig?", fragt der Beamte.

„Wenn sie es nicht wissen. Ich weiß es nicht."

Der Beamte nimmt die Telefone mit. Nach zehn Minuten ist er wieder da.

„Haben sie Alles?"

„Ist in Ordnung."

Sicher klingt dem seine Aussage auch nicht. Die Vorgaben verändern sich stündlich. Je nachdem, wie viel Konkurrenz unterwegs ist. Und, was die geladen haben. Die Kollegen reden von organisiertem Diebstahl. Beschlagnahmung nennt sich das heute. Dagegen war das Mittelalter eine Blütezeit. Gelika ist wieder wach.

„Zum Schlafen kommt man hier schon mal nicht."

„Keine Angst. Ich habe ein lauschiges Plätzchen für uns."

Auf den Papieren von dem neuen Container steht: Damenunterwäsche. Gelika muss lachen.

„Wo soll das hin?"

„Nach Affi. Dort ruhen wir etwas."

Die Zeit hat Slavo gut gewählt. Mittagszeit.

„Vorher müssen wir nach Rovereto. Dort kommen noch zwei Container dazu."

Rovereto wirkt etwas heller. Die Sonne zeigt sich schon. Avio gefällt Gelika besonders.
„Ein schöner Ort. Hier kann man es aushalten."
„Hier gibt es reichlich Industrie."
Slavo will damit sagen, die Wohnungen hier sind knapp und teuer.
„Die Spekulanten hier fahren die größten Autos."
Beide müssen lachen bei der Bemerkung.
„Zum Glück, brauchen wir das nicht", singt Gelika und faltet die Hände dabei.
In Rovereto geht die Beladung recht schnell. Gelika geht inzwischen einen Kaffee trinken. Sie nimmt Slavo einen großen Becher mit. Auch ein riesengroßes Panino. Das ist fast vierzig Zentimeter lang. Der Verkäufer hat ihr angeboten, es zu teilen. Gelika hat abgelehnt und seine überraschten Blicke geerntet.
„Passen sie in der Drehtür auf. Sie bleiben hängen mit dem Brot", ruft er ihr in Italienisch hinterher. In der Tür begreift Gelika, was er meint. Sie verliert eine Salamischeibe dabei. Der Verlust ist kaum spürbar. So reichlich ist das Brot belegt.
Slavo ist fertig. Er wartet auf Gelika. Mit der Hupe gibt er ein Zeichen. Auf dem Parkplatz stehen hunderte Lastwagen. Schätzt Gelika. Sie hätte sich fast verlaufen.

„In Affi haben wir etwas länger Pause", sagt
Slavo. Er weiß das nicht genau. Er schätzt das
nur.
In Affi angekommen, wird Gelika von einem
Rieseneinkaufszentrum überrascht.
„Für was ist das?", fragt sie Slavo.
„Zum Einkaufen. Unser Lagerraum ist weiter
Hinten."
„Ist das nicht ein bisschen groß für den Einkauf
von Wurst und Semmeln?"
„Grandomanie", antwortet Slavo und lacht. Er
lacht laut. Seine Kollegen schauen zu ihm.
„Willst du dort mal spazieren gehen?"
„Das ist ganz sicher kein Spaziergang."
„Die Kollegen kaufen oft für ihre Kinder dort ein.
Das dauert einen halben Tag. Komisch. Die Zeit
rechnet Keiner."
„Und das Geld?"
Die Zwei sind sich einig. In so Etwas, werden sie
nie einkaufen.
„Das ist der Spielplatz für Irre", sagt Slavo.
Aber die Massen scheinen sie davon zu
überzeugen – es gibt genug davon.
„Warum treten Irre immer in großen Gruppen
auf?", fragt Gelika. Sie muss lachen.
„Wir sind einfach keine Menschenmassen
gewohnt", antwortet Slavo.

„An so Etwas kann ich mich nicht gewöhnen."
Slavo küsst Gelika. Um sie zu beruhigen.
Irgendwie fühlt sie sich bedrängt hier. In die
Enge getrieben.
„Wir fahren so schnell wie möglich."
Bei Slavo haben sie nur zwei kleinere Container
rein gestellt. Wieder Textilien.
Einen Gang zu einem Imbiss, vermeiden die
Zwei hier. Überall Menschenschlangen, Geschrei,
Gedränge.
„Gesund ist das sicher nicht hier."
Slavo muss lachen bei Gelikas Bemerkung.
„Wir fahren jetzt einen winzigen Umweg."
Tatsächlich biegt Slavo auf eine
Umgehungsstraße ab. Peschiera del Garda liest
Gelika.
„Hier kommt unser Plätzchen."
Slavo steigt in seinen Laderaum und lässt die
Rampe herunter. Gelika schaut in den Spiegel.
Sie sitzt noch Vorne. Sie traut ihren Augen kaum.
Slavo steht mit einem Roller neben ihrem
Beifahrerfenster.
„Ausflug", ruft er und hält Gelika einen Helm hin.
„Du hast einen Scooter gekauft?"
„Der ist von Goran. Eine Prämie."
„Das habt ihr mir verschwiegen?"

„Goran wollte dich mit dem Roller zur Hochzeitsreise überraschen."

„Das ist ihm gelungen."

„Wir fahren kurz ans Wasser."

Gelika weint vor Freude, als sie den See sieht. Slavo küsst ihr die Tränen ab.

„Der Helm passt", sagt er zu Gelika.

Die Zwei fahren ans Wasser. Gelika bleibt der Mund offen stehen. Im Scooter hatte Slavo das Geschenk von Hannes versteckt. Prosecco. Er lässt den Korken knallen und füllt den spritzigen Saft in zwei Trinkbecher.

„Wir haben drei Stunden des schönen Augenblicks. Leider nicht mehr."

„Mehr brauche ich nicht, wenn du bei mir bist."

„Lassen wir den Rest hier oder nehmen wir ihn mit?"

„Ich halte ihn, während du fährst."

Die Rückfahrt geht ziemlich schnell. Slavo verstaut sein Moped wieder auf seinem Lastwagen. Die Zwei fahren jetzt nach Verona. Etwas außerhalb befindet sich das Gewerbezentrum.

„Bis hier her muss ich in aller Regel fahren. Manchmal Geben sie mir noch eine Zwischenladung, die mich bis Modena führt. In der Zeit packen sie die neuen Container."

Gelika staunt.

„Und die fährst du nach Österreich?"

„Genau. Wir fahren jetzt zu Hannes. Das ist eine Zwischenstation. Wir verlassen kurz die Autobahn. Das haben wir zusammen so abgesprochen mit Goran."

„Und dann?"

„Dann fahren wir zusammen nach Österreich und meine Rücktour fertig."

Nach fünf Stunden sind sie bereits bei Waltraut und Hannes. Die warten sehnsüchtig auf das Brautpaar. Mit dem Pfarrer. Der soll die Zwei segnen. Südtiroler Tradition. Slavo nimmt das gern an. Gelika auch. Bei Hannes werden sie übernachten. Kaum betreten sie das Haus, beginnt eine kleine Kapelle mit herrlicher Südtiroler Volksmusik. Angelika singt.

„Das ist eine Überraschung, die wir nie erwartet hätten.", gesteht Slavo. Es soll noch mehr Überraschungen geben. Goran kommt mit einem Blumenstrauß für Gelika. Gelika bleibt der Atem weg.

„Morgen fahrt ihr gegen Mittag nach Innsbruck. Von dort nach Landeck. Und dann wartet die nächste Überraschung auf dich. Etela. Die werdet ihr in Serfaus besuchen."

Gelika weint vor Freude. Endlich kann sie ihre beste Freundin besuchen. Nach so langer Zeit.
„Ihr werdet staunen, was Etela aufgebaut hat in Serfaus", fügt er hinzu und zwinkert.
Slavo und Gelika ahnen nichts.
Die Feier wird benutzt, um den Zweien eine echte Hochzeitsfeier mit Freunden zu bieten.
Gelika freut sich, welche gefunden zu haben. Nach dem Verlust ihrer Heimat. Ihr Zusammensein auf der Alm war leider viel zu kurz.
Das Hochzeitszimmer hat Waltraut hergerichtet. Traditionell. Gelika stört sich etwas am Kreuz über'm Bett. Jesus Christus.
„Der lernt jetzt noch Etwas", scherzt Slavo.
„Bist du dir da sicher?"
Die Zwei müssen lachen.
Hannes schlägt Unten die Glocke. Traditionell.
Das Essen ist fertig.
„Erst Bumbum und dann Essen oder umgedreht", fragt Slavo – Gelika.
„Zuerst das Essen. Dann ein kleiner Spaziergang. Dann Bumbum."
„Dein Wunsch ist mir ein Befehl."
„Du hast doch sicher auch Hunger, mein Casanova."

Slavo kann sich nicht zurück halten. Er tastet sich etwas an die weichen Stellen von Gelika. Dabei schließt er die Augen.

"Du Charmeur", flüstert Gelika.

„Hitzestau", lacht Slavo.

Waltraut serviert ein Schulternahtl. Vom Kalb. Das Stübele duftet danach. Kerzen brennen auf der Tafel. Üppig. Im Kerzenleuchter. Der Tisch ist fein gerichtet. Mit Servietten und allem Drum und Dran. Bestecke aus Silber. Feines italienisches Porzellan.

Das Fest dauert etwas länger als erwartet. Jetzt ist Gelika müde. Sie hat zu viel getrunken. Slavo nutzt seinen Trick, um Gelika munter zu halten. Er setzt sich auf den schönen Po von Gelika und massiert sie.

„Ich gehe duschen. Du auch?"

Die Einladung muss Gelika nicht zwei Mal aussprechen. Slavo stürzt nahezu zur Dusche. Am Morgen stehen die Zwei mit dem Gong von Hannes auf. Hannes hat sich für dieses Wecken entschieden. Er möchte Alle zusammen beim Frühstück haben. Ivan ist auch da. Mit ihm fährt Goran eine Lieferrunde durchs Pustertal. Zuerst wollen sie aber gemeinsam nach Innsbruck.

Slavo wird verabschiedet wie ein Familienmitglied. Waltraut weint. Als würde sie Gelika nie wieder sehen. Gelika tröstet sie.

„Ich komme regelmäßig wieder. Du bist auch auf der Hütte eingeladen."

Hannes verspricht, sich darum zu kümmern. Slavo bittet Goran, bis Innsbruck bei ihm mit zu fahren. Gelika möchte das auch. Auf der Fahrt reden sie über ihr Projekt. Goran hatte ja bereits seine Hilfe versprochen. Den Transport der benötigten Dinge übernimmt er. Auch den Viehtransport, falls notwendig. Slavo wollte gern mit Jungtieren anfangen. Die gewöhnen sich schneller an die neue Umgebung. Goran hat sich zu Hause schon gekümmert. Alles ist abgesprochen.

„Wir, Hannes, Waltraut und ich, schenken dir alle Jungtiere."

Slavo dreht fast durch. Goran muss beim Lenken helfen.

„Durch die Mautbrücke müssen wir trotzdem."

Die Drei müssen lachen. Die Carabinieri wedeln schon ganz aufgeregt mit ihren Einweisungszeichen.

„Konntest du uns das nicht eher sagen", entschuldigt sich Slavo. „Ich hätte beinahe den Carabinieri überfahren."

„Weiter Oben ist das gefährlicher."
Im Innsbrucker Lager legt Goran eine Kiste Wein
dazu.
„Der Roller gehört jetzt Gelika und dir. Damit
kannst du zu Gelika in die Hütte fahren."
Gelika freut sich. Sie muss das Auto nicht extra
heraus holen. Slavo freut sich auch. Er kann
während der Umladung, eine Runde damit
fahren.
Er Lastwagen ist fast voll. Slavo hat fast dreißig
Container geladen. In Imst ist der nächste
Stopp.
Der Abschied ist herzlich. Goran sagt, er muss
mit Ivan ins Pustertal. Ladungen wären
verschwunden. Er will das prüfen.
In Imst wird der halbe Lastwagen geleert. In der
Zeit gehen die Zwei ins Einkaufcenter. Nicht
einkaufen. Einen Kaffee trinken. Dazu ein Stück
Torte. Und schon ist die Zeit um.
Der kommende Ort ist Landeck. Gelikas Herz
schlägt bereits lebhafter. Slavo hat das bemerkt.
Gelika redet wie ein Tonband. Ohne Pause. Slavo
selbst, ist auch neugierig geworden. Goran hat
ihm nur die Koordinaten und Namen gegeben.
Gelika soll bei Etela anrufen, wenn er nach
Serfaus abbiegt. In Landeck bekommt Slavo den
Lastwagen wieder gut gefüllt. Das dauert. Beide

gehen durch die Stadt. Gelika ist begeistert von dem Ort. Obwohl dort reichlich Trubel herrscht. Sie fahren etwas zurück zur Autobahnauffahrt.

„Jetzt wird es dunkel", sagt Slavo.

Sie fahren durch den nicht endenden Tunnel. Es geht stellenweise im Schritttempo vorwärts. Die Luft ist schlecht.

Kaum haben sie den Tunnel verlassen, werden sie rasch vom Folgeverkehr überholt.

„Die haben es Alle eilig. Warum?", fragt Gelika. Tatsächlich macht sich nach dem Tunnel eine Hektik bemerkbar. Zum Glück stehen reichlich Gendarmen im Gebüsch und auf versteckten freien Plätzen. Das dämpft die Gaspedale erheblich. Trotzdem kommt es immer wieder zu Staus. Einzelne Raser werden heraus dirigiert. Dabei stellt sich ein Gendarm auf die Straße und hält den ganzen Verkehr auf. Die Raser leiden also nicht allein.

„Normal werden die gestoppt. Der Busgeldbescheid wird zu ihnen nach Hause geschickt."

„Warum halten die Gendarmen die Sünder jetzt so an?"

„Weil die Raser zu Hause nicht zahlen. So können sie gleich Kasse machen."

„Das ist gut. Das wirkt"

Bei der Abbiegung nach Serfaus, halten die Zwei an. Hier ist eine Tankstelle mit Imbiss. Gelika ruft an. Slavo holt ihnen einen kleinen Imbiss. Kaffee. Toast mit Speck und Käse. Auf ihrer Rundfahrt hat Slavo alle Mahlzeiten gekauft. Er wollte nicht kochen unterwegs. Das macht er, wenn er allein ist. Gelika soll sich wohl fühlen.

„Gelika? Bist du es?", fragt Etela. „Wo seid ihr?"

„Unten an der Tankstelle."

„Fahrt durch den Ort. Wir winken auf der Straße, wenn wir Euch sehen."

„Können wir dort mit Slavos Lastwagen halten?"

„Wir haben genug Parkfläche für Busse."

Die Auffahrt zieht sich etwas. In einigen Kurven hat Slavo Probleme. Er muss drei bis vier Mal ausholen.

Ein Ort kommt näher.

„Wir sind da". Sagt Slavo erleichtert.

„Nein! Doch nicht! Das ist Fiss!"

„Ich dachte, du kennst dich etwas aus hier?"

Beide lachen.

„Hier war ich noch nie. Ich fahre mit dem Navi."

„Dann dürfen wir auch locker in Russland rauskommen."

„Das wäre vielleicht auch besser."

Nach der Kurverei auf den Dorfstraßen, kommen sie an.

„Welchen Weg nehme ich? Ich muss auch umlenken können. Ruf noch mal an und sage, wo wir sind."

Gelika schaut nach dem Straßennamen. Sie ruft an.

„Wir frieren hier schon", antwortet Etela.

„Der Mühldorfdamm ist Euer."

„Ah. Auf dem stehen wir gerade."

Slavo fährt weiter. Die Frauen stehen und winken.

„Jetzt sind wir da", ruft Gelika.

Slavo ist solche Suchen gewohnt. Er hat sich schon eine gewisse Routine dabei angeeignet. Im Scheinwerferlicht steht Etela und ihre Freundinnen und Freunde. Hubertus und Clara halten ein Schild in der Hand. Lange Route. Slavo sieht ein zweites Schild. Bergtreu.

„Hier sind wir richtig."

Der Empfang für die Zwei kann sich sehen lassen. Zwei Gendarmen kommen zum Lastwagen.

„Wie kommen sie hier her?"

„Mit dem Lastwagen."

„Zeigen sie mal die Papiere."

„Welche?"

„Die Fahrzeugpapiere."

Die zwei Sheriffs stehen in Maske vor dem Lastwagen.

„Zeigen sie mir mal ihre. Sind sie Polizisten?"

Der Eine von Beiden, hebt etwas seine Maschinenpistole. Slavo lässt sich davon nicht beeindrucken. Er sieht das Ding am Tag dreißig Mal. Der vordere Gendarm gibt nach. Er hält seine Marke an Slavos Scheibe.

„Ist die echt?"

Der Zweite mit der Maschinenpistole zuckt mit seinem Schießeisen.

„Sie sind ja ein ganz Aufgeregter."

Gelika traute sich kein Wort zusagen. Jetzt doch.

„Empfangen sie so Europäer?"

„Feine Gastgeber", ergänzt Slavo.

„Wir bringen ihnen zu Essen!"

Der Vordere wird etwas freundlicher.

„Haben sie einen Impfnachweis?"

„Natürlich. Slavo zeigt ein Handy."

„Und sie?" Er schaut Gelika an.

Gelika zeigt ihm sein Handy.

„Okay."

„Ich dachte, wir sind in Österreich", sagt Slavo zu dem Okay.

„Greazi."

Der hinten, zuckt schon wieder mit seiner Waffe.

Der vorne, schaut böse zu Dem nach Hinten.

Der lässt das Vehikel jetzt lockerer. Eine Waffe, scheint aus Menschen - Deppen zu machen. Und der ist einer.

„Vor Was haben sie Angst?"

„Es gibt viele Kriminelle bei uns zur Zeit."

„Ist es vielleicht die Not?"

„Nein. Kriminelle."

Der muss es ja wissen.

Clara mischt sich ein. Robin und Daniela auch.

Der Polizist zieht sich zurück.

„Die Polizisten sind nicht von hier", sagt Daniela.

Sie entschuldigt sich dafür bei den Zweien.

„Wir haben das Zimmer und auch Essen vorbereitet."

Gelika fällt ein Stein vom Herzen.

„Wo ist Etela?"

Etela kommt schon gelaufen. Mit Karinka.

"Deine Schwester kenne ich besser. Sie hat immer ein Bild von dir dabei", sagt Gelika.

Alle küssen sich vor Freude. Beim Essen mit den Kollegen, reden sie über die Pandemie und die Sperre.

„Seid Ihr geimpft?"

„Ich? Mit Sputnik. Ein Mal."

„Wie seid Ihr dann durch gekommen?"

„Mit dem Handy und Goran, unserem Chef."

„Goran? Der Mähdrescherfahrer aus unserer Genossenschaft?"

„Der ist jetzt Fuhrunternehmer. Ich fahre bei ihm."

„Ein ganz Lieber", sagt Etela.

„Hat dir Goran auch gesagt, was wir hier tun?"

„Er hat es angedeutet."

„Hast du uns schon auf dem Handy gesehen?"

Slavo dreht sich um zu Gelika. Er schaut etwas nach Unten.

„Nur kurz."

„So schnell bist du?"

Slavo wird rot. Gelika küsst ihn.

„Wir haben gestern geheiratet."

„Gratulation", rufen Alle. Wie aus einem Mund.

„Kommt rein. Es wird kalt jetzt."

Slavo stellt seinen Lastwagen ab. Sie folgen den Gastgebern. Alle gehen zu Daniela. Slavo hat das Essen vorbereitet. Er steht im Foyer.

„Mein Namensvetter kommt mich besuchen."

Slavo fällt auf, wie schnell sich Etwas herum spricht. Obwohl es ihm die Situation erklärt, in der sich Alle befinden.

„Was macht ihr hier?"

„Internetsex."

„Und davon könnt ihr leben?"

„Wie scheint, besser als du."

Alle lachen. Auch Slavo, der Mann Gelikas.
„Willst du das mal sehen?"
„Nach dem Essen, bitte."
„Wir essen dabei."
Jetzt lacht auch Gelika. Sie hat verstanden.
Der Koch – Slavo, hat dann mal ein Viergänge-
Menü gekocht. Dem Fahrer fallen die Augen aus
dem Kopf.
„Ich hatte eigentlich nur mit einer kleinen
Mahlzeit gerechnet."
„Wollt ihr hier übernachten oder bei Gelika auf
der Hütte?"
„Wenn ihr uns so direkt fragt", antwortet Gelika,
könnten wir auch hier übernachten."
Alle applaudieren. Es gibt Küsse,
Händeschütteln, Gratulationen und reichlich
Einladungen.
„Ihr müsst mir aber bitte Eins entschuldigen.
Das ist nicht mein Ding hier", sagt Fahrer – Slavo.
„Ich bin Bauer."
Alle zeigen Verständnis. Sie kennen das auch
von den Kollegen, die anfangs dagegen waren.
Im Laufe des Essens, kommen schon die ersten
Fragen betreffs der Heimat. Ob dort auch
Pandemie herrscht. Slavo und Gelika wissen
nichts davon. Sie vermuten aber, mit dem
Aufkommen der Touristen wird sich das ändern.

In wie weit das ihre Behörden so umsetzen wie hierzulande, ist das Thema der Spekulationen am Tisch. Jeder weiß, bei ihnen zu Hause lassen sich die Leute nicht einsperren. Das wäre auch schwer möglich.

„Bei einer Quarantäne könntet ihr auch nach Hause", sagt der Fahrer – Slavo. „Auch als Beifahrer in dringenden Fällen."

Die Gastronomen werden hellhörig. Es offenbaren sich neue Wege.

Gelika ruft bei Maria an. „Wir kommen morgen."

Maria sitzt mit Jonas zusammen. Er hört mit.

Gelika hört seine Freunde darüber.

„Wo seid ihr?", ruft er.

„In Serfaus."

Jonas sagt, wen die Zwei grüßen sollen.

„Wir sind bei Clara und Daniela. In der Langen Route und im Bergtreu."

„Na dort könnt ihr meine Freunde nicht treffen."

„Hier ist auch Alles geschlossen."

„Bis morgen", ruft Jonas. Er wirkt etwas beschwipst.

„Willst du etwas Sauna oder einen Whirlpool nehmen? Oder Schwimmen?", fragt Clara - Slavo.

„Das würde ich gern machen", ist seine Antwort.

Gelika nickt aufgeregt.

Sie stehen auf und gehen in den Badebereich.
Clara öffnet die Sauna. Slavo hält die Augen zu.
Gelika riskiert einen Blick. Zwei. Drei.
In der Sauna sitzen die Gäste von Clara, die da
geblieben sind. Nackt. Sitzen ist vielleicht der
falsche Ausdruck. Slavo schaut jetzt auch.
„Ach das meint ihr?"
„Schau mal an die Decke der Sauna", sagt Clara.
„Ah. Jetzt weiß ich, was Etela meint."
Karinka ist mit den Anderen, den Vieren gefolgt.
Alle applaudieren.
„Willst du lieber ein Bad?"
Und schon gehen die Anderen, nackt in den
Pool. Tim und Karinka nehmen im Sprudelbad
Platz.
„Hui! Das kitzelt!", ruft Karinka. Tim muss lachen.
„Bei mir auch."
Gelika wird neugierig. Sie zupft an Slavos Ärmel.
„Na dann. Nehmen wir ein Bad."
„Nackt?"
„Wie Gott uns schuf."
Alle klatschen in die Hände und rufen -
„Willkommen!"
Offensichtlich haben die Zwei nichts zu
verstecken. Gemurmel macht sich breit.
Nach dem Bad und einem kurzen Saunabesuch,
treffen sich Alle in der Bar. Der Abend wird recht

unterhaltsam. Gelika und Slavo erfahren die gesamte Breite des Unternehmens.

„Willst du noch eine Massage?", fragt Belo und reibt sich die Hände.

„Frag mal Gelika."

Belo verzieht das Gesicht.

„Gerne", antwortet Gelika.

Alle lachen.

„Belo ist der Beste", sagt Clara. Clara weiß das. Gelika wird neugierig. Sie gehen in den Massageraum. In den dritten. Nicht in den für Belo und Adam.

Gelika bemerkt auch hier die Kameras. Viele.

„Werden wir gefilmt?"

„Natürlich."

„Nackt? Sehen das Alle da Draußen?"

„Wenn wir das frei geben, ja."

„Ihr nutzt das für euch?"

„Nur für uns."

„Ich vertraue euch!"

„Das kannst du."

Belo fährt mit Gelika das gesamte Programm. Clara spielt das Slavo vor.

„Das ist unser Business."

„Kannst du mir eine Kopie machen? Ihr gebt das aber nicht in die Öffentlichkeit!"

„Nein. Das bleibt bei uns hier. Für euch Zwei."

„Ich brauche keine Kopie?"
„Das erspart dir Komplikationen an der Grenze."
„Du hast Recht."
„Schau dir das an. Sag mir dann, ob du nicht
doch eine Massage willst. Belo ist schwul."
„Naja. Wenn es eine hübsche Kollegin tut...."
Slavo überlegt. „Dann...schon."
„Nadja! Slavo bekommt eine Probe."
Nadja reibt sich die Hände. Fast wie Belo.
Beide gehen in den fünften Raum. Der ist frei
und geputzt. Nadja gefällt Slavo. Das ist nicht zu
übersehen. Sie geht an den Fernseher, schaltet
ihn ein. Slavo hört gerade Gelika stöhnen.
„Schön so?", fragt Nadja.
Livia kommt dazu.
„Das ist Livia. Unsere Masseuse."
Die Zwei geben es Slavo. Richtig. Gelika sieht es
auch. Sie stöhnt mehrmals hintereinander.
„Die Kur tut Slavo wirklich gut."
Slavo zeigt, was in ihm steckt. Auch mehrmals.
Wuchtig.
Nach der Vorstellung und dem Duschen, treffen
sich Alle wieder in der Bar. Es ist bereits ziemlich
spät. Um nicht früh zu sagen.
„Das ist unsere Genossenschaft", sagt Clara.
„Wir würden das gern auch bei dir zu Hause
machen. Auf der Alm."

„Eigentlich ist das Geschäft recht gut", gibt Slavo zu. „Wir haben nur kein Geld dafür. Wir möchten Jungtiere kaufen."

„Wir bezahlen Alles. Auch Um- und Anbauten."

„Eure Argumente sind nicht schlecht."

„Wir mieten deine Alm. Du hast sehr gute Einnahmen. Ich habe damit mein Hotel bezahlt."

„Das klingt mehr als gut."

„Willst du und Gelika – Mitglied in unserer Genossenschaft werden?"

„Frage Gelika."

„Die hört uns."

Gelika nickt heftig auf dem Bildschirm. „Ja!" , ruft sie laut.

Slavo fragt noch einmal. Er ist sich nicht ganz sicher, was Gelika mit ihrem „Ja" meint.

„Ihr habt uns Zwei überzeugt."

„Rede mit Maria. Maria soll dich frei geben. Wir reisen zu dir nach Hause."

„Ich muss aber die Tour noch fertig fahren. Goran weiß noch nicht Bescheid."

„Goren weiß Alles. Du triffst ihn in Bozen."

„Hannes und Tom müssen wir noch informieren."

„Hannes weiß, was wir tun. Ich rufe ihn an."

„Lass uns das bitte tun. Hannes ist unser bester Freund."

„Willst du jetzt schlafen gehen mit Gelika?"

„Zu gerne. Ich bin hundemüde."

Am Frühstückstisch sitzen nicht alle Mitglieder der Genossenschaft. Slavo wird freundlich begrüßt. Als Familienmitglied. Er bekommt Küsse. Auch von Adam.

„Du bist ja ein ganz fruchtiger."

Alle müssen lachen. Slavo und Gelika auch.

„Wir haben beschlossen, dir jeden Monat zwanzig Tausend zu geben. Du bist ab heute auch Mitglied. Für Mitglieder gibt es Prozente der Einnahmen zusätzlich."

„Ist es euch Recht, auf mich als Darsteller zu verzichten?"

„Gerne. Du willst doch sicher deine Tiere weiter behalten."

„Das auf alle Fälle. Ich möchte auch gern meine Produkte weiter herstellen."

„Das klingt interessant", sagt Clara. „Bioalm mit Körperkultur."

Die Aussage trifft Slavo im Herzen.

„Ja! Ein neues Konzept."

„Eigentlich ist das auch die Berufung unserer Genossenschaft. Wir haben sie als Naturgenossenschaft angemeldet."

Gelika ist hoch begeistert.

„Das passt wie die Faust auf's Auge."

„Ist der Hof noch angemeldet in der Slowakei?"
„Natürlich. Auch unsere Viehzucht. Auch der
Hofladen. Ich habe früher Milch, Butter, Eier und
Fleisch verkauft."
„Gibt es auch Lizenzen für Übernachtung?"
„Für die Helfer auf dem Hof. Ja. Auch für die
Saisonkräfte wie Gelika."
„Dann scheint ja Alles in Ordnung zu sein. Wir
rechnen also mit wenig Problemen."
„Ich hatte noch nie Probleme. Außer mit unserer
Genossenschaft. Die haben unsere Milch zu billig
her gegeben."
„Gibt es denn Kollegen, die sich auch
abgemeldet haben?"
„Reichlich. Sie sind meine guten Freunde."
„Slavo. Wie bekommen wir eine oder zwei
Kolleginnen dort hin?"
„Mit Quarantäne bei mir."
„Aber dann kommen die ja euch kontrollieren."
„Ja. Aber nicht wie hier. Die Alm wird an sich als
geeigneter Ort angesehen."
„Da gehe ich und Karinka mit. Wir sind
Landsleute."
„Das klingt gut."
„Tim würde gern kochen bei uns."
„Das gibt keine Probleme. Tim ist doch auch
Slowake."

„Dann fahren wir mit Slavo zusammen."

„Ob das gut geht?"

„Bei mir ist genug Platz. Ich kann auch Goran anrufen und fragen. Er fährt ja auch eine Runde."

Goran gibt sein Jawort. Alle wollen sich in Innsbruck treffen. Dann haben sie nur noch eine Grenze. Gelika bleibt erst mal bei Clara.

„Treibe mir es nicht zu bunt", sagt Slavo beim Abschied. „Bis morgen." Slavo verabschiedet sich wieder mit einem Küsschen. Alle Anwesenden pfeifen und applaudieren.

„Darf ich auch?", fragt Karinka. Sie findet Slavo hübsch. Gelika natürlich auch. Der neue Umgang hat Karinka leicht verändert. Sie sagt und zeigt jetzt, was sie denkt. Gelika nimmt ihr das nicht übel. Im Gegenteil. Sie küssen sich. Slavo klatscht im Gehen. Er freut sich über die neu gewonnene Freundschaft. Auch darüber, wieder nach Hause zu kommen.

Alle gehen mit vor die Tür. Sie winken Slavo zum Abschied.

Slavo fährt bei Maria vorbei. Maria erkennt ihn sofort auf ihrem Bildschirm der Überwachungskamera. Sie lässt ihn rein.

„Du bist allein heute? Ist Gelika krank?"

„Nein."

Slavo erzählt Maria von ihrem Projekt. Maria freut sich. Sie zeigt auch Interesse. Slavo soll einen Besuch einplanen. Natürlich für Zwei. Slavo verabschiedet sich. Maria gibt ihm Speck und Vinschger Brot mit. Natürlich auch eine Flasche Selbstgebrannten. Die muss Slavo verstecken. Er befürchtet Schwierigkeiten an Grenzen. Manchmal hat er die schon wegen seiner Zigaretten. Statt der versprochenen Freiheit, wird er um so schärfer drangsaliert. Wer konnte das ahnen.

In Bozen trifft Slavo – Goran. Goran erzählt ihm, wie sie gedenken, das Alles anzugehen. Slavo ist begeistert.

„Die Jungtiere bringe ich dir. Wenn nicht ich, dann einer meiner Kollegen von zu Hause."

„Habe ich noch Zeit, den Stall, die Weide und das Haus etwas her zurichten?"

„Gelika kann dir helfen. In wenigen Tagen kommt Karinka und Tim."

„Also, muss ich deren Zimmer zuerst richten."

„Später helfen dir dann die Zwei. Etela wird noch diesen Monat bei Clara bleiben. Sie müssen das noch anständig übergeben."

„Wie soll das Geschäft dann bei uns aufgebaut werden?"

„Ihr werdet zunächst ein Zimmer fertig machen. Alex hat Alles zurecht gemacht. Er wird Tim und Etela genau einweisen."

„Na dann. Du fährst mit meinem Camion und ich mit deinem."

„Du hast nur Innsbruck und Linz anzufahren. Alles ist fertig."

„Ich fahre also jetzt über den Reschen nach Serfaus und dann nach Innsbruck?"

„Genau. Gelika weiß Bescheid."

„Kann ich noch mal bei Hannes vorbei schauen?"

„Das habe ich in deinem Tourenplan eingetragen. Nur nicht heute."

Slavo drückt Goran. Ein russischer Kuss unter Freunden.

„Ich weiß nicht, wie ich dir das jemals danken soll."

„Indem du uns mit deinen guten Erzeugnissen beglückst. Wir sind auch deine Teilhaber. Deine Genossen. In unserer Genossenschaft."

Slavo kann es nicht erwarten. Gelika wartet. In drei Stunden steht er schon in Pfunds. Er ruft an. Clara nimmt ab. Mit der Nachricht gibt Clara - Gelika das Signal. Clara hat den Krankenwagenfahrer vom Ort bestellt. Er bringt Gelika zu Slavo. Slavo wartet an der Tankstelle am Abzweig.

Das Wiedersehen ist für Beide der Sprung ins Glück. Hier soll ihre Zukunft beginnen.

Slavo hat das Bett der Fahrkabine aufgeschüttelt.

„Willst du ruhen?"

„Ich möchte neben dir sitzen. Ein Leben lang."

Es gibt Küsse und Freudentränen.

Die Tour führt die Zwei nach Innsbruck. Dort hängt Slavo die neue Fracht an. Die Fahrt nach Linz gehen sie nach einer kurzen Ruhe an. Beide verbringen die Ruhe im weichen Bett hinter dem Fahrersitz. In der Nacht gehen Beide duschen. Gelika wäscht Slavo. Slavo wäscht Gelika. Er kreist mit seinen Händen über die schönen Formen Gelikas. Eine Gänsehaut bildet sich auf Gelikas Körper. Trotz warmem Wasser.

„Ich habe auf dich gewartet."

„Ich auf dich - auch."

„Wir heiraten heute das dritte Mal."

Die Kabine wackelt leicht. Ein paar Fahrerkollegen klopfen am Chassis des Lastwagens.

„Alles in Ordnung?", rufen sie und lachen.

„Ah, ah - jetzt!" ruft Gelika zurück. Die Zwei lachen. Die Kollegen draußen lachen mit.

Scham scheint es keine zu geben in den Kreisen. Die Arbeit ist auch zu hart. Sie haben kaum etwas Spaß.

„Wollt ihr Etwas mit trinken?"

„Ich muss gleich weiter fahren. Nach Linz."

„Schade. Wir hätten das Mädchen gern kennen gelernt."

„Ich bin seine Frau", antwortet Gelika und schaut aus dem Fenster.

„Eine wirklich schöne Frau. Gratulation – Kollege."

Nach dem Abschied sagt Slavo ihr, „in fünf Stunden sind wir in Linz."

Tatsächlich. In knapp fünf Stunden sieht Gelika die bunte Stadt.

„Viel Zeit brauchen wir hier nicht. Für einen Kaffee reicht es gerade."

Als Gelika die Fahrerkneipe besucht, hört sie ein lautes Pfeifen. Der Wirt versteht ihre Bestellung kaum. Sie legt die Karte Slavos hin. Der Wirt nickt.

Gelika möchte Kaffee. Zwei Große zum hier trinken. Zwei zum mitnehmen.

Kaum versucht sich ein Kollege an Gelika ran zu machen, betritt Slavo das Lokal. Ein Großteil der Kollegen begrüßt in laut.

„Das ist deine Frau?"

„Deine habe ich nicht getroffen unten am Bahnhof."

Alle lachen laut.

„Die steht nicht mehr am Bahnhof. Sie steht jetzt in der Bockgasse", sagt einer der Kollegen. Das führt wieder zu lautem Gelächter.

„Da hat sie es ja nicht weit zu deiner Frau. Die steht auf der Gugl und in der Froschgasse. Die braucht ein großes Revier. Bei ihrem Aussehen."

Das Gelächter wird vom Wirt mit einem Freibier angeheizt. Slavo lehnt ab. Auf die Frage warum, antwortet er, „Wir müssen dringend nach Wien. Wir sind zu spät."

Tatsächlich ist Slavo wirklich zwei Stunden zu spät. Das ist aber bis jetzt im Zeitplan.

Die Kollegen verabschieden sich von den Zweien. Die Tour neigt sich dem Ende. Slavo fährt jetzt frische Last.

In Wien ist recht viel Verkehr. Das erfahren sie im Verkehrsfunk. Die Zwei lassen sich aber nicht aus der Ruhe bringen. Kurz vor der Stadt legen sie eine Pause ein.

„Wir müssen fast durch die ganze Stadt zu unserem Lager."

Nach der kurzen Ruhe, fällt ihnen der Weg leichter. Der Verkehr ist sehr Nerven aufreibend. Gelika schimpft zu bestimmten Situationen.

„Ich könnte hier nicht leben."
Slavo ist der gleichen Meinung.
„Die arbeiten und leben für Fremde. Und die leben von deren Arbeit."
„So Etwas, hat keine Zukunft."
Gelika durfte das während ihres Studiums mehrmals erfahren.
„Alle diese kriminellen Strukturen sind kläglich gescheitert. Dabei haben sie sehr oft, ganze Kontinente entvölkert."
„Nicht für eine Familie und deren Umfeld."
Slavo schüttelt den Kopf.
„Wir sind da."
Die Fracht wird wieder komplett geleert. Slavo bekommt jetzt eine Neue. Andere. Lebende Tiere.
„Wo geht das hin", fragt er.
„Auf den Papieren steht Sala – Slowakei."
Slavo ist überrascht. Sind das etwa seine zukünftigen Tiere?
„Fahren sie vorsichtig. Die Tiere sind jung. Vergessen sie das Füttern und die Pausen nicht. Gratulation!"
„Sie wissen also Bescheid?"
„Ja. Grüße von Goran."
„Ist mit den Papieren alles in Ordnung?"
„Aber natürlich."

Slavo geht sofort nachschauen. Gelika auch. Sie sehen einen ganzen Bauernhof an Jungtieren. Hühner, ein Hahn. Enten. Gänse. Kaninchen. Ferkel und Kälber. Jeweils in zwei Geschlechtern.

„Weißt du, was das gekostet hat?"

„Teuer war das nicht. Mit eurer Arbeit wird das wertvoll. Viel Glück wünsche ich euch. Auch zur Vermählung."

„Bist du von uns ausgewandert?"

„Ja. Ich habe hier geheiratet und Kinder. Ich möchte schon gern zurück."

„Woher kommst du?"

„Aus deiner Nähe."

„Komm uns besuchen, wenn du Zeit hast."

Slavo gibt ihm die Adresse. Den Namen erfragt er nicht.

„Milos. Du hörst von mir."

Gelika bekommt ein Küsschen. Slavo wird gedrückt. Mit einem Schulterklopfen.

Zum Glück, müssen Beide nicht durch die Stadt. Die Tiere würden durchdrehen. Menschen kann man vielleicht so halten. Tiere nicht. Die brauchen ihr Revier.

Nach Sala ist es nicht weit. An der Grenze gibt es keine Probleme. Alle wissen Bescheid. Goran hat das gut organisiert.

In Sala warten die ehemaligen Kollegen von der Genossenschaft. Auch die Freunde. Alle haben Traktoren mit. Ihre Gruppe wirkt fast wie eine Demonstration. Es wird bereits dunkel. Slavo und Gelika werden mit einem Bier empfangen. Das trinken sie. Zusammen, mit ihren Freunden.

„Wir haben Alles fertig gemacht. Goran hat uns gebeten."

Nebenbei erfährt Slavo, die Kollegen haben eine Überraschung vorbereitet. Sie fahren los.

Oben angekommen, traut Slavo seinen Augen nicht. Die Alm ist gemäht. Der Blick in den Stall, zeigt Slavo vorbereitete Ställe und Boxen. Die Scheune ist aufgeräumt. Ein kleiner Traktor steht drinnen.

Gelika ist mit den Anderen ins Haus gegangen. Slavo hört Gelika schreien. Er rennt los. Es war ein Freudenschrei. Die Kollegen haben das Hochzeitszimmer her gerichtet. Die Küche scheint neu.

„Unser Geschenk an euch Beide."

Inzwischen haben die Tiere ihren Stall und ihre Boxen bezogen.

„Lämmer bekommst du von uns. Eine ganze Familie. Auch zwei erwachsene Kühe. Befruchtet. Die Genossenschaft möchte damit die Futterernte bezahlen."

„Wo ist mein Hund?"

„Auf der Weide. Bei den Schafen."

„Dann mach ich mir keine Sorgen. Pünktlich zum Essen, wird er die Schafe rein führen."

„Wir haben deinem Hund eine Freundin geschenkt."

„Gleiche Rasse?"

„Aber natürlich."

„Danke. Lass uns etwas feiern."

Slavo erfährt, er muss nichts bekannt geben. Das hat Alles schon Goran und Etela getan. Die Kollegen wissen Bescheid. Sie beglückwünschen Slavo zur Genossenschaft.

Am frühen Morgen fahren sie Alle mit ihren Traktoren nach Hause. Der Empfang war geglückt. Gelika gewinnt immer mehr Vertrauen und Hoffnung.

Das Telefon klingelt. Etela kommt mit Karinka, Tim und Jarosch. Sie wurden nach einem negativen Test durch gelassen. Die Freude ist groß. Etela möchte ihre Hochzeit mit Jarosch hier feiern. Karinka, ihre mit Tim. Slavo ist begeistert.

„Wir alle heiraten hier, zu Hause, noch einmal zusammen."

Nachwort

Der Aufbau kann beginnen.
Im dritten Teil erfahren Sie, wie sich diese
Genossenschaft entwickelt.
Gelingt es Gelika und Slavo,
ihre neuen Freunde
vom
Geschäft mit dem Internetsex
weg zu bekommen?
Machen sie selbst mit?
Hat ihr Projekt eine Zukunft?
Wie entwickeln sich ihre persönlichen Wünsche?
Erfahren Sie mehr in

Karinka, Gelika und Freunde

Leseproben

finden Sie in meinen Blogs:

DerSaisonkoch.com

und

DerSaisonkoch.blog

KhBeyer

Herstellung und Verlag: BoD – Books on
Demand, Norderstedt
ISBN: 9783757813727